사막을 건너온 달처럼

이 책은 아들 김준영, 오빠 김태운, 언니 김계숙, 동생 김계옥,
조카 원지인, 그리고 박현자, 정윤희 님의 후원으로 발간되었습니다.
고맙습니다.

사막을 건너온 팔하럼

김계정 **쓰고**
정고암 **새김**

고요아침

숫자 3을 좋아합니다
서툴렀던 1을 지나 점점 나아지는 2
최후의 보루 같았던 꿈의 3,
드디어 3집입니다
감개무량합니다.

2021년 가을에
김계정

정고암

"혹시, 6.25 전쟁 때 오빠 한 명 잃어버리지 않았나 아버지한테 물어봐요."
2005년 겨울 막바지에 우연히 인사동 거리에서 김계정 시인을 만났을 때, 내가
한 첫 마디였다. 처음 본 그녀의 모습이 나와 참 많이 닮아 보였고, 큰소리로
활달하게 웃는 모습에서 느껴지는 기운이 오래전부터 알고 지낸 사람처럼 친
숙했다.

오랜 시간 알고 지내도 분야가 달라서인지 같이 작업할 기회가 없었으나
2017년 첫 시집 『눈물』을 출간한다며 전각 작품으로 표지를 의뢰하면서, 그동
안 알지 못했던 김계정 시인이라는 사람과의 새로운 인연이 시작되었다.

내 작품 하나, 하나에 감동하는 그녀를 보며 어떤 시집이 만들어질까 상상
할 수 없었지만, 시와 그림, 짧은 코멘트로 완성된 첫 시집 『눈물』은 내게도 새
로웠기에 감탄했던 시집이었다. 그런 그녀가 3집, 『사막을 건너온 달처럼』을
기획하면서 우리는 다시 한 권의 시집을 만드는 일에 의기투합했다.

『사막을 건너온 달처럼』이란 제목에서 나는 무엇인가 그녀 내부의 변화를
감지했다. 제목만으로도 희망적인 메시지가 읽혔기 때문이다. 눈물에 풀어놓
았던 슬픔과 절망이 사막을 건너는 과정이었다면, 사막을 건넜다는 사실만으
로도 희망을 느낄 수 있었기에 제목만으로도 기분이 좋았다.

전각이 아닌, 그녀가 원하는 것은 붓글씨로 작품을 쓰는 것이었다. 여덟
편의 작품을 선정하여 붓글씨를 쓴 후, 글에 맞는 전각 작품으로 포인트를 주
었다. 너무 바빠 모든 작품을 읽지 못했기에, 그녀의 선택으로 한 편씩 써나가

면서 그동안 김계정 시인이 썼던 작품과 참 많이 달라졌다는 것이 느껴졌다. 또 그녀만이 쓸 수 있는 아름다운 시어가 현대시조의 맛을 살리고 멋을 표현한 것에 새로운 매력이 느껴졌다.

평소 '새김 아트' 작업만으로도 너무 바빠 붓을 들지 못하던 차에 정말 오랜만에 붓을 잡았다. 마음처럼 잘 써지지 않아 망설이는 내 글씨를 보며 좋다고, 정말 멋지다고 감탄하는 김계정 시인의 추임새에 속아 단숨에 써 내려갈 수 있었다. 그녀의 시집에 내 붓글씨 작품으로 생명이 깃들어 시와 함께 아름다운 한 페이지가 만들어진다면 나에게도 매우 기쁜 일이 아닐 수 없겠다.

이번 시집은 1집『눈물』과 2집『한번 더 스쳐갔다』시집에 수록되었던 작품보다 훨씬 경쾌하고 희망적인 메시지가 시에 문외한인 나에게도 느껴진다. 김계정 시인만의 품격을 갖춘 고유한 시어를 찾아내어 주옥같은 시편을 완성한 후, 연상 작용이 가능한 산문 한 편이 곁들어진 시집이라니, 그것만으로도 이번 시집『사막을 건너온 달처럼』은 무척 의미 있는 시집이 될 것이다.

김계정 시인이 사막을 건너왔다. 1, 2집에 사막을 건너기까지 고단했던 여정을 풀어놓았다면, 사막을 건넜다는 3집은 편안한 내일을 기대할 수 있을 것이다. 그로 인해 김계정 시인만이 쓸 수 있는 감성적인 시편은 위로할 수 있는 시의 집이라는 것, 믿어 의심치 않는다.

차례

—

두 번째 흔적

새롭게 아름다웠고 더 새로운 날이었네

세 번째 흔적

건너야 좋은 날과 멈춰도 좋은 날을 위하여

네 번째 흔적
해독이 필요 없는 마음이 열어놓은 길

다섯 번째 흔적
생명을 붙잡은 가슴, 침묵은 공들인 언어

여섯 번째 흔적
나이테 무거운 한 줄, 그 값은 하고 싶었네

첫 번째 흔적

몰라서 다행인 말은 상처가 되지 않는다고

말, 입, 그리고 사람

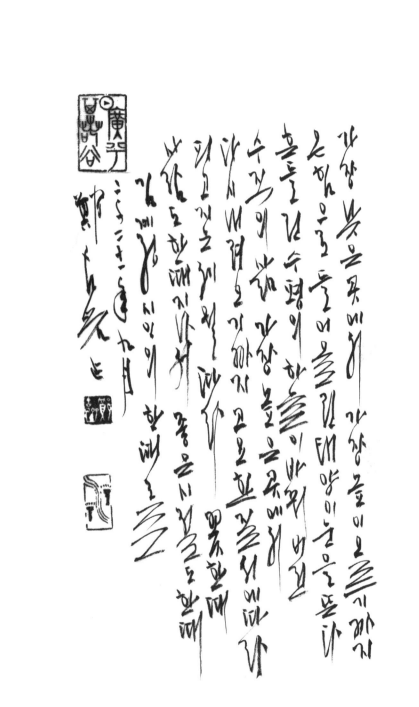

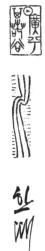

한때

—

가장 낮은 곳에서 가장 높이 오르기까지
온 힘으로 들어 올린 태양이 눈을 뜬다
흔들린 수평의 하늘이 바꿔버린 수직의 삶

가장 높은 곳에서 다시 내려오기까지
고유한 질서에 따라 피고 지는 세월 따라
꽃 한때 사람도 한때 지나서 좋은 시절도 한때

—

지나서 좋은 한때

나고 죽은 해가 정확하지 않은 중국 전국시대 송나라 사상가인 장자는 궁핍하고 가난했습니다. 초라한 행색의 그를 본 위나라 왕이 '곤경'에 빠졌다고 말하자 '가난한 것이지, 곤경에 빠진 것은 아니며 선비에게 자연의 도와 덕이 있는데 곤경에 빠졌다는 것은 그것을 실행하지 못할 때'라고 말합니다. 아무리 뛰어난 사람도 겉모습만으로 판단할 수 없으며, 도와 덕을 갖춘 선비의 가치를 모르는 사람은 군자로서 도리가 아님을 말한 것이지요. 그는 도를 체득하여 듣고 노니는 영혼의 자유로운 해방 '소요유', 꿈속의 나비가 되어 자신이 깨닫지 못한 사물의 변화를 깨우치면서 '기다리는 때'를 원하기보다 스스로 삶의 주인으로 욕심에서 벗어난 인생을 삽니다. 그에게 때란, 깨우침을 얻은 자신이 스스로 주인이 되어 자연과 더불어 사는 것, '무위자연'입니다.

아름다운 꽃도 열흘입니다. 좋은 일도 계속 반복된다면 당연하게 생각되어 감사할 줄 모릅니다. 사람과 어울려 사람답게 살아가는 도덕적인 관계, 생명을 사람으로 만드는 부모로서 책임과 의무를 이행하는 바르고 착하게 사는 과정, 더불어 사는 세상에서 함께 잘살기 위해 노력한 모든 날이 사람을 통해 도리가 무엇인지 깨닫는 순리가, 장자가 터득한 도는 아닐지라도 사람답게 사는 것은 아닐까 싶습니다.

아무리 좋아도 한때입니다. 그 한때란, 제 잘못 인정하며 한 발 앞으로 나가는 길이 풍요로운 삶의 지름길이라는 것을 배우게 합니다. 바른길 가는 여정 속에서 배려하며 함께 하는 순간, 지혜로운 삶이 됩니다. 그렇게 우린 좋았던 한때의 행복과 후회하는 한때의 반성을 통해 바르게 살아가는 사람입니다.

17

꿈으로 채운 시간표

—

오늘에서 내일을 향해 흘러가는 시간은
영원을 맹세 못 할 약속의 실재였다
줄기를 바꿀 수 없는 어제의 물살처럼

빛을 잡고 싶어서 물 위에 던진 그물
바람의 서툰 손길 빗나가도 괜찮다며
어제로 가고 싶었던 완벽한 환상 지우고

중심을 잡지 못해 삶의 대열 무너져도
존재하는 순간이 빛으로 채운 시간표
살아서 꿈틀거리는 꿈의 심장이었다

—

돌아가고 싶은 시간

가끔 묻습니다. 과거로 돌아간다면 언제가 좋을까. 그 질문에 잠시 고민합니다. '언제로 돌아갈까, 다시 살면 후회하지 않을까, 그때는 정말 실수하지 않고 완벽하게 더 잘 살 수 있을까.' 고민해도 소용없다는 것을 알지만 그 질문을 통해 가장 아쉬움이 남았던 한 시절을 떠올립니다. 그리고 그 질문에 고민하면서 의식하지 못했던 지난날에 대해 한 번 더 돌아보며 생각합니다.

바꾸기 위해서 과거로 돌아갈 수 있다면 그것이 가능하면 얼마나 좋을까. 사람들의 상상력은 타임머신에서 극대화가 됩니다. 그러나 우린 이미 알고 있습니다. 앞으로 흘러가는 강물처럼, 시작의 결과는 시간과 공간에 이미 새겨졌고 그로 인해 어떤 경우도 돌아갈 수 없다는 것을.

과거와 현재와 미래가 공존하는 시간의 문은 없습니다. 현재가 기억하는 과거의 것인 현재, 직관에 따라 움직이는 현재의 것인 현재, 꿈꾸는 오늘이 만든 미래의 것인 현재 등 후회가 남긴 아쉬운 마음이 기대고 싶어서 만든 '현재'의 슬픈 부산물이 있을 뿐입니다.

어제의 내가 만든 오늘이 자랑스럽지 않아도 돌아가고 싶지 않은 것은, 언제나 오늘 이 순간을 위해 살았다는 것, 기대하는 내일을 위해 최선을 다했다는 것, 후회할 일을 반복하지 않기 위해 노력했다는 것, 스스로 만든 자리에서 당당한 자신감으로 살았다는 것, 그것으로 가장 빛나는 사람이 되었다는 것.

꿈이 존재하는 시간은 아름다운 빛을 만들어 제 인생에 채웁니다. 그 꿈의 시간표에 따라 언제나 '지금', 언제나 '오늘'을 살아갑니다. 돌아보면 아쉬운 그 시절이 부끄럽지 않았으면 좋겠습니다.

19

첫 번째 흔적

환한 흔적

—

바람보다 한 발 더 먼저 가고 싶었을까
지는 해 무게조차 헤아리지 못하면서
안도의 숨을 부풀려 빠르게 걷는 걸음

빛을 새긴 온몸으로 어둠을 등지고서
너무 멀리 왔다며 잠시 앉아 돌아보면
힘겹게 걸어온 날도 필요했던 고마운 날

눈을 뜨는 밤에만 눈 감는 태양처럼
숨결 닿은 곳마다 남은 흔적 환해서
유순한 세상의 안쪽 길의 길이 보였네

—

당신의 꿈은 무엇입니까

일곱 살 아들이 갑자기 묻습니다, "엄마는 어른이 되면 뭐가 되고 싶었어요" 잊고 있던 꿈인 '시인'을 말하자 엄마는 지금 '시인'인가를 묻습니다. 어른이 된 '엄마'는 꿈이 아니라 당연한 의무이자 권리이며 사랑이 만든 축복의 결과입니다. 치열한 현실 앞에서 엄마로 사는 일이 최고의 일인 양 더는 시인을 꿈꾸지 않았으나 어린 시절 무엇이 되고 싶었냐는 아이의 한 마디를 통해 꿈에서 깨어난 듯 시인의 꿈이 살아납니다.

시가 되지 않아도 시를 쓰기 위해 무엇인가 쓰기 시작합니다. 혼자 읽고 만족하던 시 한 편의 마음이, 꿈을 이루기 위한 엄마의 노력이며 그 꿈은 언젠가 꼭 이뤄진다는 것을 보여주고 싶었습니다. 꿈을 물었던 아들이 15세가 되었을 때, 드디어 시인으로 마주 섰습니다.

아들의 눈빛이 달라집니다. 우리 엄마는 무엇이든 해내는 사람이라며 신뢰감이 생깁니다. 무엇이든 이룰 수 있다는 가능성을 믿으며 스스로 꿈꾸기 시작합니다. 백번 말하기보다 결과로 보여준 엄마의 꿈이 아이의 자존감이 되었고 꿈을 향해 앞으로 나갈 수 있는 믿음의 기반이 됩니다.

당신의 꿈은 무엇입니까, 시간은 자꾸 가는데 세월은 절대 돌아보지 않는데, 꿈을 이루기 위해 어떤 노력 하고 있나요? 너무 늦었다고 포기한 것은 아닌지요? 등 뒤에서 내 발자국 따라오는 아이가 보인다면, 그 아이를 위하는 일이 곧 자신을 위한 일이라는 것, 복권을 사야 당첨 가능성이 있듯이, 꿈은 꿈꾸는 자의 몫, 말하는 대로 이뤄진다는 것을 알고 있다면 당신의 꿈을 위해 지금 시작하세요.

첫 번째 흔적

루머의 루머의 루머가

—

다문 입 안에서 자란 말의 가시 꺼냈다

암묵적 약속이 만든 믿음의 입자였다

시간이 묻어놓았던 티끌만 한 씨앗이었다

소문의 특효약은 침묵만이 답이었다

무성하게 키운 세력 여기저기 기웃거렸다

알아도 뽑을 수 없어 뿌리만 깊어졌다

—

몰라서 다행인 말은 상처가 되지 않는다고

믿을 만한 사람이라 믿었다고

감추고 싶은 사연을 털어났다는 것은, 위로받고 싶을 만큼 힘들다는 것을 알기에 듣는 내내 공감하고 동조하며 들어줍니다. 말하는 사람이 믿은 만큼, 말함으로써 위로되길 바라며 듣습니다. 그렇게 들어만 주어도 위로되는 좋은 사람이 있다는 것은 기댈 수 있는 작은 언덕 하나 있는 듯 든든합니다.

이건 비밀이야, 말하지 않아도 듣는 순간, 함부로 해서 될 말과 못 할 말은 구별해야 합니다. 입에서 나온 순간 비밀은 아니라지만, 옳음과 바름, 그름과 사리 분별의 인지능력이 있다면 무엇이 중요한지 파악할 수 있어야 합니다. 꼭 말할 상황이라면 자신이 판단한 생각은 덧대지 말고 사실만 전해야 합니다. 듣는 사람은 직접 들은 말이 아니기에 덧붙여진 생각도 진실이라 믿고, 다른 사람들에게 전합니다. 천 리까지 흘러 들어가 정처 없이 떠돌아다닙니다.

나쁜 이야기도 좋은 말로 따스하게 감싸주는 사람이 있고, 좋은 이야기도 부풀려 오해하도록 전하는 사람이 있습니다. 모두가 좋은 사람이라 믿었던 대가는 믿음을 점점 상실하여 인간관계를 위태롭게 합니다. 위로받고 싶은 마음이 어렵게 꺼낸 이야기가 사람들 입에 오르내리는 루머가 되어있기에 일일이 말로써 아니라고, 오해라며 해명조차 할 수 없다는 것에 절망합니다.

말로써 상처받은 사람은 말이 만든 불신에 사람을 두려워하게 되고 굳이 말하지 않아도 될 말이었다며 솔직도 병인 양 자신에 대해 더욱 위축됩니다. 모든 사람을 믿은 것이 아니라 믿을 만한 사람을 믿었는데 그 믿음은 가치가 없어집니다. 그러나 이 세상을 믿음 없이 산다는 것은 스스로 제 안의 감옥에 자신을 가두고 불신으로 인해 믿음이 주는 기쁨을 포기하는 것입니다. 믿음의 입자가 다시 또 성글게 맺힌다면, 그것은 참 다행입니다.

말은 입의 혼이었다

—

말의 빠른 움직임을 따라가지 못해서

소통이 어렵다며 입은 말을 삼켰다

바람의 바삭한 질문 그쯤에서 멈췄다

갈라진 입의 틈새 깊어진 말의 안쪽에

선명하게 그려 넣은 가지런한 소리의 지문

모른 척 꼭 다문 입술 말은 입의 혼이었다

—

입과 말의 인과관계

　오해받는 것이 안타까워 대신 변호 해주고 싶은 사람이 있습니다. 굳이 그럴 필요 없는데, 오해를 이해할 수 있도록 옹호했던 말이 오히려 화를 부르고, 남의 말을 전하는 가벼운 사람이 됩니다. 그런 것을 우리는 오지랖 넓다는 말로 칭찬도 비난도 아닌 '괜한 일 했다고' 말합니다. 어설픈 마음이 만든 말의 씨앗은 쉽게 뽑히지 않아 소중한 인연을 가치 없게 만듭니다. 입은 잘못했다고 사과하지 않습니다. 쓸데없이 소리를 낸 마음이 잘못입니다.

　사람과 사람을 이어주는 가장 빠른 연결 고리는 말입니다. 말의 다리에서 만난 사람은, 함께 해도 좋은 사람인지 마음으로 느낍니다. 그래서 말은 꼭 필요하며 말 할 수 있는 입은 절대적입니다.

　그러나 입을 다물어야 할 때가 있습니다. 마음으로 듣는 사람이 아니라, 귀로 들어서 입으로 전하는 것을 즐기는 사람과 함께 할 때입니다. 들어서 공감하기보다 비난하는 사람은 아닌지, 가벼운 이야기로 가볍게 만날 수 있는 사람에게 속 깊은 마음을 꺼내놓은 것은 아닌지, 남의 불행을 동정하는 척 퍼뜨리기 좋아하는 사람을 너무 믿은 것은 아닌지, 마음으로 듣고 공감하기보다 잘못을 찾아내어 비웃는 사람은 아닌지.

　고운 말은 착한 답을 부르고, 분노하게 되는 나쁜 말은 비극을 몰고 옵니다. 이왕이면 고운 말, 좋은 말, 착한 말, 위로되는 말을 하고 싶습니다. 누군가를 음해하기 위한 말 만들기보다, 향기로운 꽃처럼 고운 말 쏟아진다면 아름다운 꽃을 보듯 모두가 행복하지 않을까요? 말은 입의 혼이라는데.

전하지 못해도 좋았네

—

두 귀가 감당 못 할 하나의 가벼운 입

완벽한 귀를 위해 좁은 문 꼭 닫아도

소리의 차가운 반란 틈이 살짝 벌어졌네

한 귀로 들어갔던 말 다른 귀는 모르게

말과 입 사이에 쌓은 턱이 낮은 문지방

끝끝내 전하지 않을 입이라면 좋겠네

—

몰라서 다행인 말은 상처가 되지 않는다고　　　　　　**26**

믿어도 좋은 사람

　말하는 것을 배우는 데 2년이 걸렸고, 말하지 않는 법을 익히는 데 60년 걸렸다는 '고 이병철 회장'의 한 마디가 명언인 이유는 말하기보다 듣는 것의 중요성을 깨달은 까닭입니다. 들어주기 위해 귀를 쫑긋 세워도 말의 마디를 자르고 불쑥불쑥 끼어들어 중요한 말은 듣지 못한 채 잡담으로 끝나는 경우가 많습니다. 들어야만 중요한 '무엇'을 알게 되는데, 제대로 듣지 못했기에 '사실'과 '진실', '기회'마저 놓치게 됩니다.

　귀를 열어놓는다는 것은 잡담이나 수다가 아닌 대화가 되기 위한 가장 기본적인 자세입니다. 제 생각 더하지 않고 상대방의 말을 들어주다 보면 말하는 사람의 진심이 보이고, 들어주는 사람의 진실이 느껴집니다. 열린 귀로 전해진 믿음이 신뢰를 바탕으로 한 새로운 인간관계가 형성됩니다. 깊지 않은 믿음은 오히려 불신을 조장할 수 있지만, 신뢰를 바탕으로 형성된 믿음이라면 그 어떤 말도 헛소문을 만들지 않습니다.

　오랜 시간 좋은 관계를 유지했던 사람이 누군가의 한마디 말에 '의심'의 눈초리와 '불신'의 마음으로 끊어진 관계가 있습니다. 처음에는 '나를 그렇게 몰라?'였지만, '고작 그 정도였어?' 체념하는 자신을 보며 결코 굳건한 신뢰를 바탕으로 한 관계가 아니었다는 것에 실망합니다. '그 사람은 절대 그럴 사람' 아니라며 누가 무슨 말을 해도 자신이 신뢰한 만큼 믿음을 보여주지 않았다는 것에 놀라지만, 남을 탓하기보다 자신을 한 번 더 돌아봐야 할 일입니다. 고작 한마디 말에 믿음이 무너질 정도라면 믿어도 좋은 사람은 '나'도 '그'도 아니기에 억울할 일도 아닙니다. 다만 앞으로 좋은 사람을 만나도 쉽게 믿지 못할 것 같아서, 어떤 말을 해도 의심부터 하게 될 것 같아서 그것이 안타깝습니다.

루머 생산 공장

—

수많은 내일 모르게 단 하루뿐인 오늘이
입으로 가공하는 위력이 강력한 상품
숨 가쁜 기계의 작동 쉴새 없이 돌아갔네

출처가 분명했던 완벽한 생산라인
한마디 저렴한 말이 걱정 없는 재료비
선명한 광고 문구는 최고의 판매전략

상호소통 지대 안에서 은밀히 싣고 나와
수많은 내일을 향해 달리기 시작하면
죽어도 죽는 줄 모르는 놀라운 제품의 효능

—

수많은 내일이 행복하기 위하여

우리는 요즘 글에 치여 삽니다. 긴 글은 싫다며 메모 같은 짧은 한마디부터 읽기 불편한 장문까지 글이 난무하는 세상에 살고 있습니다. 말장난 같은 글이 SNS 등에 넘치도록 쌓이면 답글을 쓰고, 그 답글은 또 다른 답글을 부릅니다. 품앗이라도 하는 듯 '좋아요'를 누르고, 영혼 없는 한마디 '최고네요'를 쓰는 것이 가상의 공간에 답글은 인기의 척도이기도 하고 관심의 대상이라 믿는 사람들에게 꽤 중요한 비중을 차지하기 때문입니다.

누군가 답글을 썼습니다. 진담과 농담을 구분 못 하는 것도 아닌데, 구별이 되지 않아서 며칠을 그대로 놔두었더니, 점점 더 강도가 높아지는 새로운 답글을 보며 문제가 생겼다는 것을 알았습니다. 말로 해결하기 위한 시도는 소리만 높입니다. 아닌 것을 아니라고 말하는 것이 믿지 않는 사람에게는 아무리 강조해도 소용없다는 것을 알게 합니다. 아니라고 말하는 목소리가 떨리는 것은 아닌 것을 아니라고 소리 높이고 있는 자신에게 화가 난 까닭입니다.

수많은 내일이 행복하기 위해서 우리는 오늘 참 열심히 살고 있습니다. 그러나 수많은 내일이 불행하기 위해서 쓸데없이 많은 말과 글이 난무하여, 죽어도 죽은 줄 모르는 소문이 어딘가에서 한마디 말로 벌어질 수 있다는 것을 모른 채 살아갑니다.

하지 않은 말로 외면하는 사람들이 한 사람, 두 사람 생깁니다. 갑자기 연락 끊겨 소식을 모르는 사람들이 떠오릅니다. 잘못 알고 전해진 말의 출처가 혹시 나였나요? 사실 확인도 하지 못할 만큼 화가 나서 그래서 우리 인연이 끝난 것인지요? 묻고 싶습니다.

그런 귀

—

살아야
들을 수 있는
소리가 생명이라면

걸러질수록 맑아지는
예쁜 귀 갖고 싶네

세 치 혀 입으로 세운
벽을 허물
그런 귀

—

말이 아니면 듣지 말자고

나이 들수록 지갑은 열고 입은 닫으랍니다. 현명한 한마디도 잔소리가 되는 사람들 앞에서 나이 든 사람의 활짝 연 지갑이 끼치는 영향력은 인품이나 품위를 능가하며 환영받습니다. 그러나 지갑이 중요한 세상이라면 그것은 참 한심합니다. 모든 일이 돈으로만 해결된다면, 인품도 존경심도 현명한 지혜도 존재할 필요가 없으니까요. 소중한 삶을 조화롭게 가꾸어줄 인생의 멋진 길잡이 곁에서 사람답게 사는 방법을 배울 수 없으니까요. 그때는 몰랐는데 이제 알게 된 것이 아니라, 그때도 알았고 지금도 아는 일입니다.

비판의 말에 마음을 닫지 않고, 좋은 말에만 귀 기울이지 않겠습니다. 무조건 잔소리로 치부하며 귀를 막는 어리석음도 범하지 않겠습니다. 말로써 생각을 만든다는 것의 위험함을 알기에 함부로 생각을 말하지 않겠습니다. 좋은 책을 많이 읽고, 좋은 사람들과 좋은 관계를 맺을 것이며, 현명하고 바른 사람들 곁에서 많이 보고 듣고 배우겠습니다.

결심해도 잘되지 않습니다. 세 번 생각한 후에 말하라는데, 성미 급한 까닭에 한 번 생각할 겨를이 없습니다. 그러나 생각 없이 툭, 던진 말이 얼마나 큰 파장을 일으켰는지, 자신의 경솔함을 깨닫기까지의 시간은 얼마나 짧았는지, 주워 담을 수 없는 말 때문에 곤혹스러운 순간은 얼마나 많았는지 모두 알고 있기에 좀 더 현명해질 수 있는 지혜를 배워야 합니다.

그래서 생각합니다. 예쁜 귀 하나 가져야겠다고. 그 어떤 나쁜 말도 곱게 걸러져서 맑게 들리는 귀, 그 누가 뭐라 해도 달콤한 말에 현혹되어 실수하지 않을 귀, 맑은 말만 들려서 입이 더 예뻐지는 귀, 말이 아니면 듣지 않고 흘려버릴 수 있는 그런 좋은 귀.

첫 번째 흔적

마주 보고 흔들렸네

—

말이 만든 조각보 한 조각씩 뜯어졌네

이미 지워버린 날 춤 추듯 달려오면

몰라도 좋았던 사연 올올이 풀려버리네

알고도 모르는 척 지나가는 바람인 척

깊이를 잴 수 없는 마음은 모르는 척

두 개의 환한 달빛이 마주 보고 흔들렸네

—

얼굴 보며 말합시다

사람의 삶이 짐승과 다른 이유는 직립보행을 하고 도구를 쓰는 것보다 더 중요한, 생각을 통한 말로써 소통한다는 것입니다. 제대로 생각하고 말할 수 있어야 짐승만도 못한 사람이 아닌 사람다운 삶이 됩니다. 제 이익을 위해 중상모략을 하고 탐욕과 쾌락을 위해 말만 살아있는 어지러운 세상을 만듭니다. 그런 사람들로 인해 착한 사람들이 살기에 어렵고 힘들고 고통스러워집니다.

좋아하던 여배우가 부당한 댓글에 선택한 것은 죽음입니다. 재미로 퍼뜨린 가십일 수 있고, 이권을 노린 음모일 수 있습니다. 중요한 것은 그 댓글을 견디지 못하고 이 아름다운 세상 제 목숨보다 소중한 아이조차 돌아보지 않고 떠났다는 것입니다.

죽을 줄 몰랐다고 말합니다. "아니면 그만이지 왜 죽어, 죽은 걸 보면 뭔가 잘못이 있나 보네", 적반하장으로 나오기도 합니다. 무책임한 말과 글에도 질긴 생명력이 있어 어디서인가 누군가는 삶과 죽음의 경계 앞에 서게 됩니다. 헛소문이라며 해명해도 변명으로 듣는 사람들 때문에 말문이 막혀버린 순한 영혼은 사는 일을 포기합니다. 말과 글을 모르고 사는 짐승만도 못한 사람들 때문에.

모르면 다행이지 않습니다. 이야기의 중심에서 구설의 주인공이 된 사람은 이유 없이 말로 죽습니다. '우리가 상대방의 등 뒤에서 쑥덕대는 말을 그의 면전에 대고 직접 한다면 이 사회는 유지되지 못한다'고 프랑스 작가 '발자크'가 말했습니다. 구설이 되지 않도록 당사자를 곁에 두고 할 수 있는 말, 이제부터 우리 면전에서 해도 될 말만 하며 삽시다!

욕

—

생각을 마비시킨 얕게 뱉은 한 마디

화를 삼킨 마디가 키워낸 말의 뼈대

조각난 분노의 파편

불쑥

튀어나왔네

—

몰라서 다행인 말은 상처가 되지 않는다고

—
나도 몰랐네
—

욕 할머니가 인기 있는 식당에서 음식을 먹는 사람들은 할머니의 욕이 구수하다며 좋아합니다. 이놈 저놈, 갖다 처먹어 등 기분 나쁠 그 말에 사람들은 욕이 찰지고 정겹다며 허허 웃습니다. 푸짐한 음식에 욕도 맛있게 따라왔다며 너스레를 떱니다. 그 장면이 정겹지 않습니다. 주인과 손님의 무너진 경계가 친척 인양 가깝게 느끼고 싶은 현대인의 슬픈 자화상처럼 보입니다. 어떤 친지도 반갑다는 표현을 욕으로 하지 않습니다. 그 어떤 욕도 듣는 순간, 상처가 되어 잊히지 않습니다. 남에게는 관대한 사람들의 이면입니다.

살다 보면 접하게 되는 많은 사건과 사고를 보며 자신도 모르게 불쑥 욕이 튀어나올 때가 있습니다. 짐승만도 못한 행위를 사람의 탈을 쓰고 자행할 때, 탐욕을 국익과 바꾸면서 억울한 양 뻔뻔스럽게도 당당할 때, 상대의 작은 잘못 하나로 자신의 큰 잘못을 정당화시킬 때, 아닌 것을 아니라고 말해도 믿어주지 않을 때, 착하다고 믿었는데 남들보다 더 나쁜 행위를 하고도 이해해 달라며 변명을 늘어놓을 때 등 분노가 키운 '욕' 한마디에 가시가 돋아나 불쑥 삐져나옵니다. 그런 자신의 모습에 놀라고, '욕도 잘하네' 그럴 줄 몰랐다며 듣는 사람도 놀라며, 그런 욕이 제 안에 있다는 것에 놀라 자괴감에 빠지지만, 이미 욕은 놀라움을 표출하는 언어의 한 종류가 됩니다.

욕이란 상한 마음의 변종입니다. 분노에서 시작되었지만, 가장 쉽게 생각 없이 표현함으로써 감정의 무식함을 보여주는 말의 돌연변이입니다. 하지만 정당하게 상대의 잘못을 비판하며 화를 내야 할 때, 한마디 욕으로 인해 스스로 부끄러워 말문 닫는 일은 하지 말아야겠습니다.

생각의 문

—

안다와 모른다는 생각의 길이 끊겼다

제멋대로 자라난 무한대의 상상력은

가사가 들리지 않는 노래처럼 시끄러웠다

알면서도 모른 척 닫아버린 생각의 문

빈들을 스치는 썰렁한 바람이 되어

분명한 진실 앞에서 모른다며 돌아섰다

—

몰라서 다행인 말은 상처가 되지 않는다고

생각 없이 생각하는 날

　가끔 나사가 풀린 듯 긴장의 끈이 풀려서 묻는 대로 술술 대답할 때가 있습니다. 굳이 거짓을 말할 필요 없다는 듯, 하지 말아야 할 말을 쉽게 꺼내놓고 아차, 싶어서 후회합니다. 물은 이미 엎어졌고 수습하는 일은, 말한 사람의 몫, 스스로 자신에게 화를 내며 제 실수를 감당하다 보면 생각 없는 자신의 마음이 무서워집니다. 말하지 않겠다며 생각을 멈추지만, 자신의 존재가 어떤 사람인지 의식하기에 또 다른 생각을 부릅니다.

　아리스토텔레스가 말합니다. 사람은 기회, 천성, 충동, 습관, 이성, 열정, 욕망 등 일곱 가지 중에서 한 가지 이상이 행동하게 되는 원인이라고. 그렇다면 일곱 가지 중에 나의 행동은 '천성'에 의해, 함부로 할 수 없는 어려운 말도 해로운 말이 아니라면서 쉽게 행동으로 이어진 것이 아닐까 싶어집니다. 그러니까 타고난 천성이 감추고 숨기고 가리는 것에 약하며 그것이 본인 자신에게 불이익이 되어도 타인에게 해로운 일이 아니라면 기꺼이 반복할 수밖에 없다는 것이지요. 좋게 말하면 순수해서 무결한 것이고 그렇지 않다면 주책맞은 어른의 무지한 어리석음입니다.

　모든 생각은 교육을 통해 훗날 그 사람의 삶을 결정합니다. 천성에 의한 무방비 상태의 순수함도 교육을 통해 자제하고 절제할 수 있다면 주책이 아닌, 순수함을 간직한 어른이 될 것입니다. 생각 없이 저지른 행동은 분명 자신에게 불리한 결과를 초래합니다. 그것을 천성 탓하면서 언제까지나 비난을 감수하며 살아갈 수 없기에 말할 때는 항상, 긴장의 끈을 놓지 않겠습니다.

증거 불충분

—

조용히 사근사근 은밀하게 소곤소곤
오만한 입과 귀가 어리석은 귀와 입이
단단한 마음으로 쌓은 옹골진 말의 성

본래 말이란 것은 주인이 있다는데
연어처럼 어려운 길 거슬러 올라가도
확실한 증거가 없어 알아도 잡지 못하고

꼭 다문 입의 능청 부려놓은 모함에
제소리 삼킬 때마다 점점 작아진 울림
아닌 걸 아니라 말한 목소리만 떨렸네

—

몰라서 다행인 말은 상처가 되지 않는다고

양심이 허락했을까

심중만으로는 불가능합니다. 증거가 충분하지 않다면 심증은 있으나 확실한 물증이 없다면, 범인이라는 것을 알아도 벌을 줄 수 없습니다. 증거가 충분하지 않아 풀려나는 진짜 범인을 보면서, 누가 봐도 진짜 범죄자를 눈앞에서 풀어주는 모습을 보며 분개하지만 소용없습니다. 증거 불충분, 조작된 알리바이, 든든한 배경도 한몫합니다.

누군가 묻습니다. "세상에는 나쁜 사람이 어느 정도쯤 될까요? 구체적으로 얼마나 될 것 같아요?" 아무리 생각해도 나쁜 사람이 많을 것 같지 않았습니다. 우리가 누군가에게 사람을 소개할 때 첫마디는, '다른 건 몰라도 사람은 참 착해' 착한데 거짓말을 잘해, 착한데 사기꾼 기질이 있어, 착한데 폭력적이야, 착한데 무능력해, 착한데 바람둥이야, 착한데 그 뒤에 숨겨진 본질을 보지 못했고, 볼 수 없었고, 그로 인해 착한데 문제가 있는 사람이라는 것을 모릅니다. 그러니 착하다는 그 말은 무척 위험한 말입니다. "글쎄요, 한 5%쯤 될까요?" 그분이 웃으며 말합니다. "사람을 아직 잘 모르시네, 한참 더 살아봐야겠네요."

나쁜 사람의 비율이 고작 5% 정도라면 정말 좋겠습니다. 자신의 탐욕을 위해 나라도 팔아먹었던 진짜 나쁜 놈이 있었던 우리나라에서 양심에 맡기고 스스로 잘못을 깨우치기를 바란다는 것이 얼마나 무지했는지 알기 때문입니다.

'네가 그랬잖아?' 했을 때, 한결같이 하는 말 '너 봤어? 증거 있어?' 심증은 있으나 물증이 없는 그런 완전범죄를 저지르고도 떳떳하게 살 수 있다면, 양심은 그것을 허용할까, 그것이 참 궁금합니다.

첫 번째 흔적

손의 전언

—

알고 읽는 역사에 만약은 슬픈 바람

떨리며 남긴 이름 고치거나 바꾸지 않고

분노로 기억하라며 또렷하게 새긴 흔적

탐욕의 유전자는 수치를 모른다며

문자의 선명한 배열 정직한 손의 전언

시대의 마디 사이에 영원히 살아남으라고

—

몰라서 다행인 말은 상처가 되지 않는다고   **40**

백 년도 못살면서

첫 시집 출간 전에는 책에 대한 부담감이 어느 정도일지 예상하지 못합니다. 독자들의 시선이 시인의 시선과 어떻게 다를 수 있는지, 어떤 경우 같은 공감대가 형성되어 부끄럽지 않을 만한 작품이 되었는지 전혀 알 수 없습니다. 그저 수없이 탄생하는 수많은 시집 한 권 중에 또 한 권이 되어 서서히 잊혀질 뿐이라는 것에 놀랍니다.

시간이 흐르면서 당당하게 내놓았던 작품이 뭔가 부족했다는 것을 깨닫습니다. 편 편의 작품이 초라한 만큼 시인의 이름 석 자도 초라하게 보입니다. 그러면 좀 더 열심히 시를 잘 써야겠다, 다짐합니다. 그렇게 한 편의 시와 한 권의 시집에도 붙어 다니는 이름 석 자가 무겁습니다.

당나라 때 대표적인 탐관오리 원재가 죽은 뒤 창고를 뒤져보니 후추가 무려 팔백 가마, 종유 기름 오백 냥이 나왔습니다. 온 집안 식구가 평생 먹어도 한 가마를 먹을 수 없는데, 그렇게 많은 양은 백성들의 피눈물이었지요. 후추와 종유 기름은 몰수되고, 천년이 지난 지금도 앞으로 천년 후에도 자국이 아닌, 다른 나라까지 탐욕의 상징으로 남겨졌다는 것을 알았다면, 욕심부리지 않았을까요?

부당하게 취한 재산은 그에 대한 대가가 따릅니다. 역사에도 길이길이 탐관오리, 매국노로 기록되는데 그렇게 욕심부리고 싶을까 싶다가도, 그런 역사를 알고도 변함없이 되풀이되는 것을 보면서 탐욕이란 자신의 이름 석 자가 오명의 굴레를 쓴 채 영원히 남겨져도 포기할 수 없나 봅니다. 그런 것을 보면 한 편의 시에, 한 권의 시집에 부끄러움을 아는, 시인 정말 만세입니다.

새롭게 아름다웠고 더 새로운 날이었네

거우내 무뎌진 햇볕, 빗장 풀어 놓은 날

.

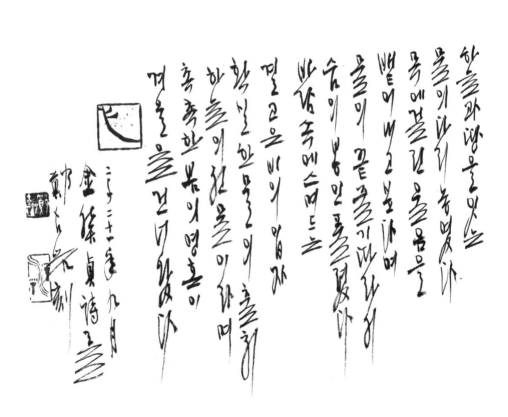

비의 경계

봄을 세웠다

—

시작은 순전히 겨울 덕분이었다
갈 때를 알고 있다며 망설이지 않았고
누군가 잡아줄 거야 미적대지 않았다

젊은 햇살 고여서 밀려난 늙은 햇살
할 수 있는 말보다 할 수 없는 말이 많아
가만히 다문 입에서 점점 온화해진 숨

사라지는 시간이 열리는 공간 속에서
바람이 가장 먼저 흙의 손 잡았다
지상에 새로운 나라 봄이 또, 세워졌다

—

새롭게 아름다웠고 더 새로운 날이었네   **46**

내가 여기 있다고

　겨울은 어떻게 살까 걱정하지 않습니다. 품고 있는 봄의 씨앗이 행여 다칠까 시린 바람 앞에 움찔움찔 가슴 조여도 지켜야 할 여린 생명이 자신의 목숨인 양 티끌만 한 온기로 함께 삽니다. 제 임무를 어떻게 하면 제대로 수행할까, 겨울은 그것만 궁리합니다. 품고 있던 생명을 모두 풀어놓은 후에 붙잡지 않는다며 원망하지 않고 화사한 봄의 인사 없어도 다음을 기약합니다. 미련 없이 떠나간 자리에 새로운 생명이 남습니다.

　유난히 힘겨웠던 날이 있습니다. 삶의 의지가 무너진 순간, 이제는 그만 포기하고 싶었던 날입니다. 세상의 중심에서 편안하고 화려한 삶은 아니지만 맹세했던 진실이 초라한 행적으로 흔적조차 찾을 수 없는 까닭에 어떻게 살아야 할까, 그 어떤 다짐도 소용없이 나락으로 떨어졌습니다. 암담한 현실 앞에서 겨울보다 더 시린 마음을 감당하고 싶지 않았습니다.

　보잘것없게 느껴진 한 인생이 사라진다면 벌어질 일을 상상합니다. 사는 내내 가슴 아프게 기억할 사람, 부족했지만 그것조차 꼭 필요하다며 소중하게 생각해주는 사람, 무엇보다도 안타까움에 눈물 흘릴 사람들의 얼굴이 떠오릅니다. 그들은 분명 이렇게 말할 것입니다, '내가 여기 있다고, 포기하지 말라고, 그 어떤 시련도 함께 이길 수 있다고, 자신이 얼마나 소중한 사람인지 알아달라고, 가치 없는 시련에 소중한 너를 포기하지 말라고'

　시린 바람 이겨내야 봄바람 앞에 당당히 떠날 수 있는 겨울처럼, 모질었던 날은 편안한 날을 위한 과정이었습니다. 포기하지 않도록 힘이 되었던 모든 인연이 고맙습니다. 덕분에 살았다고, 그로 인해 상상하지 못한 아름다운 날을 만날 수 있었다고, 지금 그날을 살아가고 있다고.

다시, 시작이야

—

시린 바람 피할 수 없어 몸서리치는 나무도

찬 서리 뿜어내는 하늘 위의 구름도

제 몸에 길이 있었던 흔적은 남는다고

모두 잊은 기억이라며 삭제한 얼음의 기록

바람 삼킨 봄의 가지 여린 숨결 부풀면

이제 곧 피워낼 생명, 겨울이 지킨 거야

—

아이는 혼자 두지 말아요

여섯 살 아이를 재우고 새벽길 나섭니다. 자다가 행여 깰까, 생각지 못했습니다. 반지하 컴컴한 방에서 문 닫는 소리에 잠이 깬 아이가 어둠 속에서 굳은 몸을 움직이지 못하고 공포와 싸우고 있다는 것을 몰랐습니다. 해가 뜨면 허둥지둥 옷만 걸쳐 입고 어린이집으로 달려가 문 두드리는 그 손길이 얼마나 절박했는지 몰랐습니다. 너무 일찍 가지 말라는 말에 문도 두드리지 못하고 계단에 앉아 다른 친구들이 올 때까지 기다렸다는 것도 몰랐습니다. 아이를, 그것도 고작 여섯 살 어린아이를 빈집에 홀로 두고도, 잘한다며 남에게 자랑만 했던 철없는 엄마는 두려운 어둠 속에 놓였던 아이의 절망을 몰랐습니다. 엄마가 자랑한 시간을 아이는 공포로 기억한다는 사실을 정말 몰랐습니다.

아이는 혼자 두지 말라는 한 줄 글에, 무심하게 지나왔던 그 시간이 떠올랐습니다. 그때 왜 아이의 마음을 헤아리지 못했나, 어둠 속에 홀로 공포와 싸웠을 장면이 눈 앞에 펼쳐질 때마다 눈물이 솟아납니다. 미안한 마음이 산처럼 커지면서 엄마도 자식을 통해 함께 성장한다는 것을 배웁니다. 바르게 자라기를 바라는 마음은 제 잘못에 대해 반성하고 후회하며, 점점 사람다운 사람, 어른다운 어른으로 진짜 엄마가 된다는 것을 배웁니다. 준비되지 못한 사람이 엄마가 되어 생명을 사람으로 만들기 위해서는 육체적인 편안함 못지않게 정신적으로 편안할 때, 정신적 안정만큼 경제적 안정도 가장 기본이 되는 이치라는 것도 깨닫습니다.

시린 겨울 지나 봄이 오듯, 힘겨웠던 날이 지나갑니다. 아이는 어른이 되었고 봄날에 새순 움트듯 새로운 날을 삽니다. 풋풋한 모습과 힘찬 열정, 자신만의 길을 당당하게 걸어갑니다. 스스로 열어놓은 세상에 제 꽃 활짝 피웁니다.

두 번째 흔적

비의 경계

—

하늘과 땅을 잇는 물의 다리 놓였다

목에 걸린 울음을 뱉어내고 싶다며

물의 끝 줄기 따라서 숨의 봉인 풀었다

바람 속에 스며드는 결 고운 비의 입자

확실한 물의 출처 하늘의 선물이라며

촉촉한 봄의 영혼이 겨울을 건너왔다

—

새롭게 아름다웠고 더 새로운 날이었네

빗물과 눈물로 대신한 이별

숨길 수 없는 세 가지 기침, 가난, 사랑입니다. 터져 나오는 기침은 가장 쉽게 드러난 증거의 흔적입니다. 가난도 숨길 수 없습니다. 본인의 의지만으로 가난을 벗어난다면 자수성가한 사람이라며 가난이란 말도 웃으며 할 수 있겠지만 스스로 성공하는 일이 쉽게 되는 일은 아니겠지요. 숨길 수 없는 마지막 한 가지, 사랑입니다. 사랑은 사람의 표정부터 바꿉니다. 들뜬 표정만큼 온화해진 말투, 반짝반짝 생기가 도는 눈빛, 달라진 모습은 그냥 봐도 압니다.

그런데 한 가지 더 있습니다. 바로 변심입니다. 사랑이 떠난 눈빛과 말투, 손길은 '난 이제 더는 널 사랑하지 않아' 분명하게 표출됩니다. 사랑만큼이나 그것도 그냥 봐도 압니다. 변하지 않은 사람은 전전긍긍 돌아올 마음을 기대하지만 소용없습니다. 이미 끝났고, 변했고, 정리만 하면 되는데, 변하지 않은 사람만 애가 탑니다.

어떻게 사랑이 변할까, 변하지 않는 것이 사랑인데, 그렇다면 그것은 사랑이 아니었구나, 이해되지 않았던 모든 행위가 하나씩 이해됩니다. 잠겼던 비밀의 문이 열린 듯 알 수 없었던 행동이 하나씩 해독됩니다. 그래서 그랬구나, 어차피 그럴 수밖에 없겠구나, 몰랐던 사실을 알게 되면서 변심을 받아들이는 순간, 끝나는 것은 당연합니다. 몰랐다는 말은 너무 초라합니다.

오고 가는 계절이 눈물 같은 빗물로 아쉬움의 경계를 긋는 것은 순리에 의한 이치입니다. 사랑이라 믿고 들떴던 모든 날이 먼지처럼 사라지는 순간, 눈물조차 흘릴 가치 없는 인연도 인생 한 페이지에 남겨집니다. 지우고 싶은 인연이 점점 많아진다면, 세상을 잘 못 산 듯하여 그것이 참 가슴 아픕니다.

벌써 일 년

—

다시 돌아오기까지 꼭 일년 걸렸다지요

단단한 흙의 틈새 햇살이 오글거리면

촉촉한 물의 소리로 봄을 깨우기까지

젖어서 투명한 숨결 끌고 오는 바람이

흙을 헤치고 나와 시간에 움이 트면

겹겹이 숨어서 키운 순한 싹 살아나기까지

—

새롭게 아름다웠고 더 새로운 날이었네

고작 일 년

해바라기는 기다림을 상징하는 태양의 꽃입니다. 소피아 로렌 주연의 영화 해바라기의 압권은 남편의 전사 통지서를 받았지만, 절대 죽을 리 없다는 신념으로 처절하리만치 슬픈 표정의 소피아 로렌이 남편을 찾아 헤매다니는 모습입니다. 전사한 병사가 너무 많아서 차마 무덤을 만들지 못하고 들판에 묻은 후 그 위에 심은 해바라기밭은 고흐의 해바라기만큼이나 강렬합니다. 광활한 대지에 끝이 보이지 않을 만큼 만발한 채 펼쳐진 아름다운 해바라기 사이에 행여 남편이 그곳에 묻힌 것은 아닐까, 고스란히 전해진 슬픔이 보는 내내 너무 가슴 아파서 배우는 울지 않는데, 보는 관객은 눈시울 적십니다.

고작 일 년이라면 일 년을 기다려서 해결된다면 그 기다림은 다행입니다. 돌아온다는 사실만으로도 기쁜데, 고작 일 년이라니 얼마나 고마운 일인가요. 10년쯤을 기다려본 적이 있습니다. 사랑은 남아 있을 것이라며 허망하게 기다린 세월은 또 다른 인연으로 새로운 인생이 시작될 수 있다는 것을 상상하지 못합니다. 고작 1년이라면 그 일 년이 부럽습니다. 꽃 피고 새우는 봄이 오는 일도, 초록 청청한 눈부신 여름도, 황금빛 결실의 풍요로운 가을도, 그 모든 것의 시작인 겨울도 한 번만 지나가면 될 일입니다.

10년을 기다릴 만큼 단단했던 사랑도 아닌데, 기다려도 좋을 만큼 가치 있던 믿음도 아닌데, 보여준 말과 행동으로 이미 끝난 인연이라는 것을 알면서 행여 돌아올지 모른다는 기대로 막연하게 시간을 보냈다니, 순진한 것이 아니라 어리석었습니다. 21세기를 살면서 조선 시대 춘향인 줄 알았나 봅니다.

봄날의 경계경보

—

사막을 건너가며 수습하는 마른 시선
시린 가슴 안쪽부터 눈을 뜨기 시작했다
아직은 보이지 않아 두 눈 만 반짝거렸다

짧은 눈빛만으로 감정은 무방비 상태
훈훈한 바람의 대열 온화한 기억 살아나면
겨울과 봄의 교대는 눈치 없이 진행되고

누구의 귀를 열까, 누구의 발이 될까
햇살의 작은 한걸음 공기를 가르는 순간
일제히 울리기 시작한 봄날의 경계경보

—

새롭게 아름다웠고 더 새로운 날이었네

문제는 봄이 아닌데

인생을 계절에 비유하면, 70 이후는 겨울입니다. 어떻게 살아왔는가, 어떻게 설계하느냐에 따라 봄여름, 가을보다 더욱 멋진 삶을 살아갈 수 있습니다. 인생에서 겨울이 시작되었다는 것은 돌아볼 어제가 조금 더 많아졌고 앞으로 갈 내일은 기대할 여지가 점점 줄어들고 있다는 것입니다.

시작은 봄입니다. 태어나 말을 배우고 사람으로 살아갈 수 있도록 교육을 받으며, 그 가르침에 따라 '참된 사람'이 됩니다. 그래서 시작은 매우 중요하며 새로운 싹이 파릇하게 돋는 봄이 천천히 꽃피워도 기다릴 수 있습니다.

현명한 말과 품위 있는 행동, 어려운 일도 지혜롭게 해결하는 능력, 아무나 함부로 어른이 되는 것은 아니라고 생각했습니다. 시간의 발자국 따라 천천히 걸어왔을 뿐인데, 어른이 되어있고 굳이 어른이 되려고 노력한 것도 아닌데 몸으로 스며든 시간이 어른을 만듭니다. 어른은 어른다운 일만 하고 모범이 되는 줄 알았기에 어른답지 못할 때, 어떻게 저럴 수 있지, 황당한 마음 감추지 못했습니다. 절대 저런 어른은 되지 않을 거야, 다짐도 했습니다.

겉모습은 어른이지만, 마음 안에 봄으로 사는 젊은 '나'를 봅니다. 젊은 나는 철없는 짓도 하고 현명하지 못한 행동으로 한심한 일도 저지릅니다. 어른답게 살겠다는 다짐을 잊었는지, 하지 말아야 할 짓도 합니다. 문제는 스스로 면죄부를 준다는 것입니다. 나만 괜찮다는 생각은 언제나 꽃피는 봄날인 줄 알고 울려버린 경계주의보를 듣지 못하고 '내로남불', 내 로맨스를 정당화시키는 파렴치한이 될 수 있다는 것, 올바른 어른 사람은 그런 짓을 하지 않습니다.

더 새로운 날

—

키가 큰 매화 곁에 앉아 웃는 자목련

투명한 유리컵에 누군가 데려왔네

겨우내 무뎌진 햇볕 빗장을 풀어놨네

활짝 웃는 개나리 살짝 담근 발목이

바람의 날을 갈며 몸에서 끌어낸 숨

볕 한 채 새로운 날이 눈앞에서 열렸네

—

새롭게 아름다웠고 더 새로운 날이었네

이왕이면 다홍치마

같은 값이면 다홍치마라고 했는데, 이 말은 함부로 사용할 말이 아닙니다. 한자 숙어 '동가홍상'에서 유래된 홍상이 다홍치마, 즉 처녀를 의미하며 그와 대비되는 청상은 푸른 치마로, 기생이나 청상과부를 의미하기에 이왕이면 다홍치마라는 말이 같은 값에 좋은 물건 산다는 말로 사용하기에는 부적절합니다.

뜻도 제대로 파악하지 못하고 이왕이면 다홍치마를 사용합니다. 상품의 품질이 비슷하기에 디자인에 따라 선택한다는 설명과 함께, 나이 많은 선생님이라 놀리던 학생에게 불쑥 "너도 이왕이면 다홍치마, 늙은 선생님보다 젊고 예쁜 선생님이랑 공부하는 것이 좋잖아." 아이가 화들짝 놀라며 말합니다. "아니에요, 젊고 예쁜 선생님은 선생님처럼 잘 가르쳐주지 않아요."

같은 값이면 좋은 물건을 산다는 의미로 사용된 뜻이, 언제나 젊고 풋풋하고 새로운 것이 좋은 것은 아니라는 것을 아이들은 알고 있습니다. 아이들도 아는 것을 어른들은 모릅니다. 다 안다면서 정말 모릅니다.

언제나 새로운 것을 좋아하는 사람은 체면도 명예도 잊고 새로운 것에 눈이 반짝합니다. 아무리 새로운 것이 좋아도, 사람에 대한 의리가 무엇인지 모르는 그런 사람을 우린 바람둥이라고 합니다. 그 사람은 자신이 어떤 표정과 어떤 말로 새로운 사람에게 다가가는지 모릅니다. 이왕이면 다홍치마, 언제든 바꿀 용의가 있을 뿐입니다. 젊고 예쁜 것보다 현명하고 지혜로운 선생님이 좋다는 아홉 살 어린아이보다 어리석다는 것을 모를 뿐입니다.

글에 스민 뜻과 사람이 가진 인성에 그 가치와 의미를 부여한다면 이왕이면 다홍치마, 함부로 바꿀 일 아니라는 것, 그렇게 또 하나 배웁니다.

꽃의 약속

—

어수선한 풍경 속에 단정하게 떠나는 일

미안해 떨군 고개 얼굴 들지 않아도

덕분에 행복했다는 내 인사를 받아줘요

길어진 햇살의 대열 짧은 인사 서운해도

다시 돌아온다는 분명한 그 약속에

어쩌면 기다림조차 설레는 위로라고

—

지금도 고맙습니다

92세 할머니는 어제 일인 양 일곱 살 때 이야기를 불쑥 꺼내놓으십니다. 일곱 살, 다섯 살, 갓 태어난 아기까지 셋을 남기고 엄마가 돌아가셨다고, 아들 셋 데리고 들어온 계모가 어찌나 구박하던지 눈물 마를 날 없었다고. 계모가 들어온 지 3년 정도 지났을 때 아버지마저 돌아가셔서 매일 맞고 굶고 일만 했는데, 막내는 못 먹어 죽고, 데려온 아들 셋마저 죽어버리자 집과 땅을 팔아 어디론가 사라졌다고, 그래도 이렇게 살아서 곧 백 살까지 살게 생겼다고, 엄마 얼굴도 생각나지 않는데, 엄마 몫까지 살았나 보다, 라고.

가여운 할머니를 보며 말합니다. "하늘나라 가서 엄마 만나면 무슨 말 하고 싶으세요?", "할 말이 뭐가 있어!" 할머니 한 마디에 묻어나오는 그리움이 읽힙니다. 정말 하늘나라에 가서 엄마를 만나면 무슨 말을 할 수 있을까.

부모가 되어 살았던 날을 자식들이 기억합니다. 그리고 다시 못 올 길을 가는 부모님을 위해 울면서 눈물 흘리는 것뿐, 할 수 있는 일이 없었던 것이 더 슬픕니다. 하늘까지 닿는다면 그 인사를 지금 하고 싶습니다.

가족이란 이름으로 서로의 울타리가 되어준 것이 고마웠다고, 소중하고 행복한 모든 시간이 서로에게 큰 힘이었고, 위로였고, 위안이었다고, 그런 고마운 인연으로 만난 것이 감사하다고, 다시 돌아오지 못할 길 앞에서, 볼 수도 만질 수도, 안을 수도 없는 이 슬픔을 잊지 않겠다며, 지금까지 내 어머니로, 내 아버지로 살아주셔서, 키워주셔서, 모든 시간 함께 만들고 공유할 수 있어서 정말 고맙고 또 고맙고, 말할 수 없이 고맙다고, 이별의 순간 앞에서 하지 못한 인사를 지금 전합니다.

여름 건국사

—

넉넉해진 이슬이 태양을 끌고 왔다
바람은 모른 척 곁눈질하며 지나갔다
잊었던 열기를 피해 무너진 봄의 대열

내일로 미루거나 머뭇거리지 않고서
햇살이 별이 된 눈부신 밤 지나서
길이 된 제 몸을 열어 다시 세우는 나라

햇볕에 시간의 싹 돋아나기 시작하면
사라질 봄의 울음이 녹아든 여름 안에서
젖은 숲, 젖은 향기를 말리기 시작했다

—

새롭게 아름다웠고 더 새로운 날이었네   **60**

한 줄기 빛도 없는 컴컴한 동굴에서 꼬박 백일, 간절한 곰의 기도는 오직 하나, 사람입니다. 하늘까지 닿은 기도는 곰을 웅녀인 여자로 만들어주고 환웅과 혼인한 웅녀는 우리나라 최초의 국가, 조선을 세운 단군을 낳습니다. 조선 건국사는 사람이 되고 싶었던 곰과 호랑이 이야기로 시작되지만, 곰과 호랑이를 숭배하는 부족 중에 이민족인 환웅과 겨뤄 호랑이 부족은 떠났고, 곰의 부족과 연합하여 만들어진 나라입니다.

이민족의 침입은 부족을 강하게도 만들지만, 때로는 얼마나 약한 존재인지 그로 인해 흥망의 성쇠가 갈리고 살아남은 강한 자에 의해 기록된 '역사'가 됩니다. 미개한 것 같아도 과학적이었고 어리석은 것 같아도 현명했으며 그렇게 세운 나라는 발전에 발전을 거듭합니다. 이긴 자의 기록은 수천 년이 지나도 변치 않을 사실처럼 받아들여지고, 항상 '지금', '오늘'까지 영향력을 끼칩니다.

세상에 나오는 한 사람을 위해 우주 만물이 움직입니다. 사랑이 만든 가장 위대한 결실입니다. 그 사람은 세상을 움직이는 힘이 되고 일부가 되어 역사를 만듭니다. '고작 너 따위가', '감히 네가'라는 말을 절대 해서는 안 될 이유입니다. 아무리 잘나도 혼자 살 수 없는 세상이라는 것을 안다면.

한 사람의 일생이 세계의 중심이 되는 것처럼, 한 계절의 변화가 한 해를 움직입니다. 봄이 세운 나라부터 사계절은 자신의 나라에서 자신의 임무를 훌륭하게 수행합니다. 업적이 위대하여 조금 더 머물고 싶다며 욕심부리지 않습니다. 자신이 세운 나라에서 자신이 할 수 있는 일을 한 후, 아름답게 떠납니다. 사람도 그랬으면 좋겠습니다.

홍수

―

물이 물을 불렀다

점점 번창해졌다

바다를 꿈꾼다며 부풀 만큼 부풀어 올라

도시에 만들어놓은 탐욕의 난전

생지옥이다

―

천국과 지옥의 차이

옛날 아주 옛날에, 장마철이면 항상 홍수로 거리며 집이 물에 잠기던 동네가 있었습니다. 초등학생 무렵이니 지금으로부터 약 50여 년 전 일입니다. 이종사촌과 고종사촌 모두 그 동네에 삽니다. 하늘이 뚫린 듯 비가 내리는데, 갑자기 대가족이 몰려옵니다. 합이 무려 아홉이나 되는 고종사촌과 이종사촌이 물에 홀딱 빠진 채 이모와 고모까지 우르르 들어오자 홍수와 상관없던 우리 집은 아수라장이 됩니다. 그래서 우리 집 홍수 피해는 언제나 인재입니다. 지옥으로 만든 빗물이 그 동네를 모두 빠져나갈 때까지 열흘 정도 복작복작 함께 삽니다. 포도는 송이로 먹을 수 없습니다. 밥공기에 한 사발씩 받습니다. 수박은 커다란 양푼에 얼음을 넣어 화채를 합니다. 그래야 많은 사람이 골고루 나눠 먹을 수 있습니다. 물난리가 나면 그렇게 우리 집도 사람 난리가 났습니다. 물에 빠진 그 동네는 여름이면 항상 지옥이 되었습니다.

부동산이 개발되면서 하늘 높은 줄 모르고 오르던 땅값 중에 지옥이었던 그 동네가 천국의 땅으로 껑충 올라섭니다. 동네 사람들은 적은 이주 비용을 받은 후 다른 지역으로 떠났지만, 투기의 귀재들은 그 동네 땅을 어마어마하게 사들입니다. 장마 때가 되면 온 동네가 물에 잠기는 땅이 뭐가 좋다고 살까 이해할 수 없었는데, 아파트가 들어서면서 집을 삼키던 물의 줄기는 제대로 만든 수로를 따라 물의 길로 흐릅니다. 그래서 물난리도 나지 않습니다. 드디어 황금의 땅이 된 것입니다. '아버지도 그 땅 좀 사셨으면 얼마나 좋아', 말씀드린 적이 있습니다. 천국 같은 집에 살고 있었기에 지옥의 맛을 못 본 까닭입니다. 그 동네를 지금 목동이라고 합니다.

숲이라고 불렀다

—

숲은 제 이력을 머리끝에 기록한다
정수리마다 내려앉은 하늘 닮은 바람이
선명한 지문의 굴곡 틈을 찾아 스며들면

현명하게 다문 입과 친절했던 두 귀가
얇아진 가슴을 풀어 깊은숨 쏟아내면
앙상한 빛의 물살에 설명은 필요 없다고

숲이 사랑한 봄과 숲을 사랑한 가을이
범람하는 바람 앞에 두 눈마저 꼭 감고
햇살만 부풀어 올라 제 몸집을 키웠다

—

나무가 될 수 있는 사람

　새로운 환경에서 다양한 문화를 체험할 수 있는 여행은 한곳에 머물러 있는 우물 안 개구리가 껑충 뛰어올라 상상했던 일이 현실이 되었을 때, 어떻게 다른지, 얼마나 놀라운지 환상의 실제를 보여줍니다. 익숙한 공간에서 새로운 공간으로의 이동은 설레는 마음보다 불안한 마음이 더 크지만, 여행은 지리상의 이동으로 도피하고 싶은 충동이 아니라 새로운 것에 대한 호기심이 저지르는 탐험과 모험이기에 삶에 있어 가장 유익하고 바람직한 경험이 될 것입니다.

　투명한 유리집으로 지어진 케이블카는 하늘 가장 가까이에서 숲을 만날 수 있습니다. 내려다본 유리 바닥에 거대한 숲의 정수리가 보입니다. 나무를 숨기고 숲이 된 광활한 경치 앞에 입을 다물지 못합니다. 하나의 군락을 조성하기까지 함께 존재하기 위해 나무가 해야 할 일이 무엇인지 보여줍니다. 숲이 된 나무는 저 홀로 위대한 것이 아니라 어울려 만든 숲이라는 거대한 세상에서 찬란하게 나무의 길 갈 수 있을 때, 당당할 수 있다는 것을 보여줍니다.

　알지 못하던 지식과 사회 관계망을 통해 새로운 사실을 터득하면서 우리는 살아갑니다. 좋은 사람이라 믿었는데 알고 보면 파렴치한이며, 모자란 듯 어리숙한 사람이라 생각했는데 순수하고 착한 사람인 것처럼, 겪어봐야 아는 사람과의 관계는 지식과는 다른 '진실'과 '사실'을 통해 깨닫습니다. 선입견으로 판단하기보다, 제대로 보고 느끼고 알아 가는 과정이 숲이 된 나무처럼, 제 존재를 드러내지 않고도 당당하고 바르게 설 수 있으면 좋겠습니다. 한 그루 나무가 숲이 되어 아름답게 사는 것처럼, 있는 듯 없는 듯이 아름다운 사람의 숲에서 어울리며 살아가는, 나무 같은 사람이 되고 싶습니다.

가을 읽기

—

처음 본 풍경도 아닌데 처음인 양 설렜다

드러나지 않았던 그림자의 긴 호흡은

태양의 허락을 받은 단 한 번의 짧은 점화

기록한 하루하루를 가을이라 읽으면

그 눈빛은 분명 말로 못 할 기쁨이었다

한마디 고맙다는 말, 그것으로 충분했다

—

새롭게 아름다웠고 더 새로운 날이었네

그래야 사랑입니다

아이는 제 부모가 씻지 않고 지저분하고 냄새가 나도, 비비고 입 맞추며 안깁니다. 세상에 없는 위대한 사람인 양 사랑, 그 자체입니다. 가족이란 이름의 이 사랑은, 한 생명을 사람으로 만드는 일을 하기에 세상 그 어떤 사랑도 범접할 수 없이 고귀합니다. 모든 허물을 덮어주고 감싸며 대가를 바라거나 서운한 마음으로 벽을 만들지 않습니다. 그런 사랑을 주고받으며 자란 사람에게 사랑은 항상 선한 진리입니다. 영원히 변하지 않는 첫사랑이며 끝사랑입니다.

이성이 주는 사랑은 그 결을 달리합니다. 오직 한 사람만을 위한 원초적 본능, 생의 전부 인양 극단적이기도 합니다. 그러나 사랑 때문에 목숨까지 거는 일은 흔치 않습니다. 순간의 열정은 시간이 지남에 따라 조금씩 옅어지고, 가벼워지고, 변합니다. '사랑이 어떻게 변하니' 유명한 영화 대사 한 마디처럼, 사랑은 변하지 않습니다, 본능이 변했고 본능이 변했다는 것은 다른 사람에게 마음이 동했다는 것을 의미합니다. 그래서 본능에 의해 변하는 것을 사랑이라 말할 수 없는 것이 당연해집니다. 서글프지만 가장 무거운 진실이며, 사랑 없는 인연의 끝이 얼마나 허무한지 알려줍니다.

계절이 오고 가기 위하여 태양이 허락했던 단 한 번의 짧은 점화 같아도, 바뀌어야 돌아가는 세상 이치를 태양은 알고 있기에 바꾸고 바뀌는 것을 언제나 허락합니다. 계절 바꾸듯 사람을 바꾸는 본능이라면 함부로 사랑을 말해서도 안 됩니다. 모든 설렘이 '사랑'이라면 그 단어는 버려도 좋습니다. 사랑은 언제나 진행형, 끝나지 않습니다. 사랑을 주고받으며 자란 사람의 선한 진리가 책임질 수 있는 마음, 그래야 사랑입니다.

그 빛이면 좋겠네

—

검은 하늘 조각보에 수놓은 달과 별을
바람과 물의 사슬로 칭칭 동여매자
하늘이 휘청거렸네,
여름이 사라졌네

뒷말은 무성해도 향기는 투명해서
터질 듯 부풀어 오른 바람은 풍요의 벽
절정은 시월의 기도 감사의 말 겸허하고

기쁨이 오는 길은 슬픔이 지나간 길
한 번도 가지 못한 길 가을로 채운다면
사막을 건너온 달빛
그 빛이면 좋겠네

—

또 한 번 나를 위하여

과학이 발달한 21세기에 인터넷, 위성 통신망 등은 삶을 편리하고 유익하게 만듭니다. 백과사전을 펼쳐야 알 수 있던 지식은 간단한 클릭 한 번에 다양한 정보 확인이 가능합니다. 그 다양한 정보로 사람을 찾아봅니다. 아주 오래전 친구부터 최근에 연락이 끊어진 사람까지 이름을 입력합니다. 평범하게 잘살고 있는지, 아무도 찾을 수 없습니다. 내 이름을 입력합니다. 두 권의 시집과 셀 수없이 많은 작품이 '김계정'이란 이름으로 선명하게 보입니다. '김계정, 성공했네' 죽어도 이름 석 자 남겨진다고 생각하니 갑자기 무서워집니다. 책임질 수 없는 가벼운 작품으로 남긴 이름이 부끄러워질까 봐 조바심이 납니다.

다시 마음을 다잡아봅니다. 한 편의 글을 쓸 때, 모두가 공감하고 이해하고 가슴에 남을 수 있으며 무엇보다 위로할 수 있는 글을 쓰자고. 어둠 걷힌 하늘에 밝은 빛 채워지듯이 잦은 시행착오는 좋은 글쓰기를 위한 노력하는 과정에서 생긴 실수일 뿐이라고. 풍성한 수확을 위해 겨울과 봄, 여름을 치열하게 살아냈던 것처럼 다시 온 가을은 사박사박 사막을 걸어온 달처럼 모두가 편안하게 읽을 감성의 글을 써보자고.

그렇게 시월의 기도는 겨울부터 시작했습니다. 떨어지는 꽃잎 한 장 허투루 지나치지 않았으며, 축축이 적시는 빗물 속에서 보낸 여름을 밝은 햇살에 말렸습니다. 단풍 들어 아름다운 가을에 들어서기까지 모든 날이 시가 된다면, 한 편의 시와 또 한 편의 글로 위로받을 수 있고 행복할 수 있다면 더할 나위 없겠다고, 그렇게 오직 한 가지 기도만 했습니다.

겨울 가뭄

—

물기 빠진 하늘은 날이 서 팽팽했다

울 줄 모르는 사람이 억지 울음 우는 듯

몸에서 끌어낸 눈물 찔끔 흘린 한 방울

숲이 부려놓아도 바스락거린 물의 향기

넘칠 만큼 모여서 강물이 부풀 때까지

하늘로 흘러 들어간 물의 소리 듣고 싶었다

—

악어의 눈물로 무엇을 적실까

이집트 나일강에 사는 악어는 사람을 잡아먹으면서 눈물 흘립니다. 그 유래가 고대부터 전해졌습니다. 보이는 대로 믿을 수밖에 없는 시대적 배경을 생각한다면, 그렇게 볼 수도 있겠구나, 싶어집니다. 먹이를 먹을 때 눈물샘의 신경과 입을 움직이는 신경이 같아서 목으로 삼키기 좋게 수분 보충을 위한 눈물을 죽은 자에 대해 미안함으로 해석하다니, 모순이긴 해도 감성적인 정서는 옛날 그 시대 사람을 따를 수 없을 것 같습니다. 악어의 눈물은, 눈에 보이는 모습 그대로의 싱싱력과 과학적 지식 사이에 엄청난 차이가 발생합니다. 그러나 중요한 것은 참회의 눈물로 죄를 정당화시킬 수 없다는 것입니다.

위선의 거짓 눈물에 속아 용서가 쉬울 수 있습니다. 잘못을 인정하길 바라는 너그러운 마음을 한 번 더 속이는 기회로 여기는 사람이라면 함부로 용서해서도 안 될 일입니다. 용서를 받고도 뉘우칠 줄 모르는 사람의 양심은 먹기 위해 흘릴 뿐인 악어의 눈물만도 못합니다.

분명히 오해입니다. 잘못했다며 원망합니다. 아닌 것을 아니라 말하면, 잘못하지 않았다며 시시비비를 가린다면 오히려 미안하다는 말로 사과할 줄 알았습니다. 아닌 것을 아니라고 했는데, 기막혀 울던 눈물을 악어의 눈물처럼 뭔가 잘못했기에 눈물로 감춘다며 믿지 않습니다. 어리석은 그 마음은, 세상에서 가장 소중한 사람 하나를 잃고도 제가 무엇을 잘못했는지 모르고 저만 억울하다고 믿기에 인생의 한 페이지에서 말끔하게 지웠습니다. 너무 억울해서 흘리는 눈물을 보며, 악어의 눈물로 보던 그 눈빛을 잊을 수가 없어서.

겨울 배웅

—

점점 더 좁혀지는
겨울과 봄의 거리
물이 깨어났다는 바람이 전한 소식에
푹신한 뿌리의 영토 울음 삼킨 눈웃음

제 몫의 시간이 풀려 생명으로 자라면
앙상한 뼈대 위에 기록되는 제 언어
저 홀로 찬란한 태양 하늘은 배경이 되고

욕심은 버렸다며 빈손도 괜찮다며
어디로 가는지 말하고 싶지 않다며
지나온 흔적 지우고
인사 없이 떠난 겨울

—

겨울을 잘 보내야 하는 이유

7남매의 어머니는 50년을 채우지 못하고 세상을 떠나셨습니다. 50이 된 아버지는 젊은 아내 때문에 남처럼 서먹하게 자식들을 밀어내십니다. 일 년에 한두 번, 의무를 이행하듯 잠시, 아버지 집을 다녀옵니다. 그렇게 30년이 지날 즈음 멀어진 마음의 거리만큼 가까이 다가오지 않았던 자식들을 보며, 아버지는 조금씩 미안해하십니다. 그리고 입버릇처럼 되뇌십니다. '쓰러지는 날이 가는 날'이면 좋겠다고.

부담 주지 않겠다는 마음으로 쓰러지는 날이 가는 날을 만들었지만, 농담처럼 들었던 그 말이 현실이 되었을 때, 말의 씨앗은 언제고 싹 튼다는 것이 무서웠습니다. 간절했던 아버지의 바람이 자식들에게 남긴 가장 아픈 선물이었기에 그것은 더 슬펐습니다.

가족이란, 시간의 발자국마다 공유한 삶을 가슴에 새겨놓은 사람들입니다. 세상이라는 거대한 세계에 서로가 울이 되어서 흩어지지 않고 하나로 묶이는 존재입니다. 살아온 날보다 살아갈 날을 위해 서로가 서로에게 길잡이가 되어줄 수 있어야 하며 그 중심에 부모님이 계셨습니다.

부모님을 잃는 순간, 가족은 새로운 형태로 변합니다. 등걸 없는 옷걸이처럼 흩어진 중심을 잡아줄 기둥이 없어지면서 지금까지 가족으로 살았던 날의 울타리가 무너지기도 합니다. 서로 다른 행성에서 사는 양, 모른 척 무심해지는 놀라운 관계도 됩니다.

쓰러지는 날이 가는 날이었던 아버지의 시린 바람은, 가족으로 살았던 소중한 날이 허무하게 무너지는 일입니다. 그것을 아버지가 떠난 후에 깨달았습니다.

—

세 번째 흔적

—

건너야 좋은 날과 멈춰도 좋은 날을 위하여

슬퍼도 아름다운 날

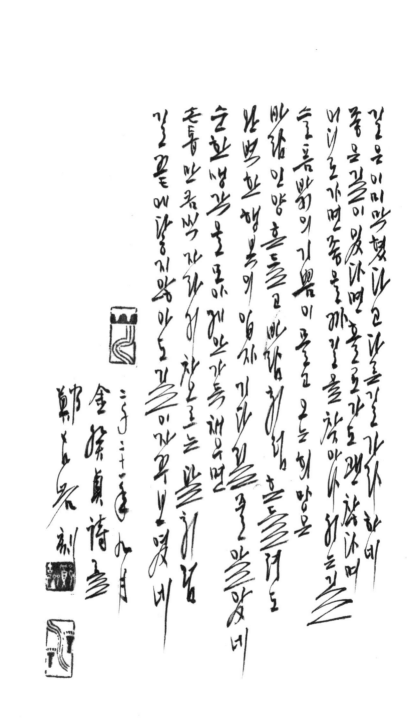

金相貞 詩를
鄭○書刻

끝이 좋아야

동네비

웃는 얼굴 다 예뻐

—

웃을수록 고와서 찰랑찰랑 맑아서

까르르 넘친 웃음 바람에 실려 가면

슬픔을 밀어버리는 소리의 화창한 반란

착한 기운을 모아 어디든 보내줄 거야

꽃보다 더 환하게 모두 같이 웃으라고

햇살이 쏟아지듯이 별이 반짝 빛나듯이

—

너는 정말 잘 될 거야

누구나 공평하게 기회가 주어지는 것 같아도 부모덕, 조상 덕, 인덕까지 가진 사람을 이길 수 없다는 생각은, 자신의 가치를 몰라주는 세상 같아서 순간순간 억울합니다. 부러우면 지는 것이며 아직 기회가 찾아오지 않았을 뿐이라며 노력해도, 변함없는 결과에 한숨 쉽니다. 그러나 준비된 사람이라면 언젠가 분명히 기회가 올 것이라 믿으며 희망의 끈 놓지 않습니다.

갑자기 순풍에 돛단 듯 좋은 일이 생깁니다. 그 행운이 믿어지지 않아서 꿈은 아닐까 불안한데, 누군가 말합니다. 행운이 아니라, 그동안 열심히 살아온 결과라고, 언제나 노력하는 모습에 감동한 사람들이 '정말' 잘되길 바라는 안타까운 마음이 좋은 기운 북돋아 주었다고, 그 기운이 이제 빛을 발한 것이라고. 좋은 성향은 '조상 덕'이었고, 좋은 가르침의 '부모님 덕', 남이지만 잘되길 바라던 좋은 사람들, '인덕'까지 모두 갖고 있었던 것입니다.

'너 어디 잘 되나 두고 보자!' 이보다 무서운 말은 없습니다. 아무리 잘하고 싶어서 애를 써봐도 잘 되지 말라는 사람들의 염원이 나쁜 기운으로 모여서 보이지 않게 불가항력의 힘으로 작용합니다. 인덕이 없다기보다, 제 욕심만 취하며 해가 되는 사람으로 살았다는 증거입니다.

착하게 살라는 것이지요, 남의 눈에 피눈물 흘리게 하지 말고 정직하고 바르게 살아야 한다는 뜻이지요. 남이 잘되는 것을 축복하다 보면 그 축복이 언젠가 나에게 복이 되어 돌아온다는 것, 명심하라는 말이지요.

'네가 잘되길 바라는 착한 마음'이, 정말 잘 되어서 제 일처럼 기뻐하는 사람들 덕분에 까르르 웃음 웃으며 살아갈 수 있었던 '조상복', '부모 복', '인복', 모두 모두 고맙습니다.

길이 자꾸 보였네

—

길은 이미 막혔다고 다른 길 가라 하네
바르게 갈 수 있다면 힘들어도 괜찮다며
어떻게 가면 좋을까, 찾기 위해 나섰네

슬픔 밖의 기쁨이 몰고 오는 희망은
바람처럼 흔들리고 바람인 양 기도하며
완벽한 행복의 입자 찾아낼 수 있다고

손톱만큼씩 자라서 차오르는 달처럼
순한 생각을 모아 제 안 가득 채우면
길 끝에 닿지 않아도 길이 자꾸 보였네

—

참 다행입니다

어떤 사건이 벌어졌을 때 사람은 '왜' 나에게 이런 일이 생긴 거야, 한탄하지만, 개미는 '어떻게' 극복할까를 먼저 생각한다고 '개미'의 작가 베르나르 베르베르가 말합니다. 그러나 위기의 상황 앞에서 '왜'를 따져 묻기보다 '어떻게' 잘 해결할까, 생각한 것이 누군가는 '잘못한 뭔가'가 있다며 억울한 일을 당하고도 '어떻게' 좋은 방향을 모색할 수 있느냐며 의심의 눈초리로 봅니다.

우리는 알게 모르게 누군가의 도움으로 조금 쉽게, 좀 더 편안하게 살아갑니다. 그 하루가 모여 만들어진 일생은 태양의 빛으로 제 존재를 알리는 달빛처럼, 홀로 만든 것이 아닙니다. 변하는 계절이 온전히 스며들어 자연스럽게 자연이 되어 살아가는 것처럼, 좋은 사람들과 배려하는 관계 속에서 착한 말, 바람직한 행위로 좋은 날을 만들었던 것입니다.

잘못한 일에 대해 스스로 반성하고 용서를 구하는 마음, 최선을 다하여 열심히 살아도 후회로 남은 잘못으로 인해 부끄러움을 아는 마음, 생명 있는 모든 것들을 측은하게 바라보며 사랑이 무엇인지 아는 마음, 그로 인해 '왜'가 아닌 '어떻게'가 현명한 방법인지 깨닫습니다.

도대체 왜 그 일이 나에게 벌어졌을까 보다, 하필이면 왜 나에게 벌어졌을까 궁금했습니다. 문제가 될 단초를 제공했을까, 자신도 모르게 문제의 중심에 있었을까, 그것을 알고 있기에 스스로 책임진다며 '왜'를 따져 묻지 못한 것일까, '어떻게'든 잘 해결하고 싶은 진실한 마음이 만든 방편일까. 개미처럼 고단한 하루를 살아도 그렇게 개미처럼 현명하게 살고 싶어진 까닭에 점점 변한 것은 아닐까, 그런 생각이 만들어낸 결과라면, 참 다행이지 않습니까?

내일로 가는 신호등

—

내일로 건너가는 어두운 길목마다
생각의 세 가지 색깔 신호등 달고 싶어
멈춰 선 제자리에서 바른길 찾아가라고

어디쯤 왔을까 돌아보며 숨 고르는 일
발자국 안으로 접힌 지난 숨결 읽는 일
생각의 언어 들으며 현명하게 움직이는 일

멈춰도 좋은 날과 건너서 좋은 날은
착하게 가는 길이 잘 사는 일이라며
한 번쯤 기다리는 일 그것도 괜찮다고

—

그런 사람이 곁에 있나요

어떻게 할까, 앞이 막막할 때 그 자리에 주저앉아 가만히 제소리에 귀 기울이면 마음이 원하는 소리가 들립니다. 잠시 생각을 멈추고 그 소리를 찾는다면, 자신을 신뢰하는 것이 오직 자신뿐이라는 것을 의심하지 않습니다. 스스로 믿는 대로 이뤄진다면 해야 할 일은 기꺼이 직관에 따라 움직일 수 있습니다. 믿은 만큼, 신뢰한 만큼, 어떻게 하는 것이 정말 잘하는 일인지 깨닫는 존재가 사람이니까요.

그래도 가끔 선택의 기로에서 주저할 때가 있습니다. 주저했다는 것은 확실한 믿음이 없다는 것입니다. 선택할 결과를 믿지 못하는 불안함에 누군가에게 묻고 또 묻지만, 생각이 같지 않으면 마음이 내키지 않습니다. 해결할 수 있는 답은 이미 알고 있는 까닭입니다. 확신이 없어서 망설이지만, 행동으로 옮길 수 있도록 공감하고 지지해주길 원했던 까닭입니다.

어떻게 해야 할지 정말 모를 때, 옳고 바른 선택을 할 수 있도록 신호등이 앞에 있다면 얼마나 좋을까. 해서는 안 될 일 앞에 빨강의 신호등이 깜빡거려 멈출 수 있고, 선명한 초록 불은 안심하라며, 지금 다시 시작해도 된다며 확실하게 보내준 신호로 실수하지 않는다면 얼마나 다행일까.

그것은 현명한 사람에게 도움을 청하는 일입니다. 현명한 사람이라고 무엇이든 다 알고 항상 옳은 답을 주는 것은 아닙니다. 그러나 분명 길 잃은 사람에게 바른길로 나갈 수 있도록 좋은 안내자가 될 것입니다. 힘들어하는 사람에게 기꺼이 슬기로운 지혜로 이겨낼 방법을 알려줄 것입니다. 그 사람이 바로, 내일로 가는 신호등입니다. 당신은 그런 사람이 곁에 있습니까?

눈물의 뼈대

—

북두의 일곱 개 별 푸른 흔들림 따라

빛이 만든 강가에 물의 집을 보았네

제 몸의 소리에 갇힌 고요와 소란의 경계

닿을 수 있는 바다가 새로운 집이라면

햇볕을 잡고 가는 가려진 물의 손이

생명의 소리를 여는 눈물의 뼈대였네

—

물의 길이 사람의 길

물과 같은 사람이 있습니다. 담으면 담는 대로 그릇에 맞게 출렁이는 그 사람을 소신 없이 잘 흔들리는, 줏대 없는 사람이라고 말하지만 그런 사람만큼 분명한 소신으로 행동하는 사람도 드뭅니다. 자신을 내려놓고 기꺼이 스밀 줄 안다는 것은 깨달은 사람이기 때문입니다.

인체의 70%는 물입니다. 5%만 부족해도 사람은 혼수상태에 빠집니다. 사람에게 가장 중요한 물처럼 맑게 스미는 사람이라면 그것은 함께 어울릴수록 좋은 기운과 정신을 갖게 하는 바람직한 사람이며, 그렇게 물로 스밀 수 있는 사람이 곁에 있다는 것은 행운입니다.

맑고 순수한 물이 고스란히 스며드는, 의심할 여지 없이 순도 100% 내 편은 가족입니다. 스스로 선택할 수 없지만, 그 사람의 바탕이 된 성정은 가족의 영향력이 뼈대가 됩니다. 영원한 내 편이어야 할 가족으로부터 학대당하고 버림받는다면 그 '생명'은 험난한 세상 앞에 던져지게 됩니다. 그런 인생은 마음처럼 맑고 깨끗한 물로 흐르고 싶어도 그럴 능력이 없습니다. 믿고 북돋아 주는 유일한 내 편 없이 홀로 살아가는 일은 결코 만만한 일이 아닌 까닭입니다. 물로 만나 함께 흐르지 못하고, 물과 불로 만나 서로에게 도움이 되지 못하거나 물도 불도 아닌 관계로 의미 없이 지나치며 고단하게 삽니다.

바다를 향해 흘러갈 수 있는 가장 순수한 물의 길은 가족입니다. 아직 가보지 못한 많은 길을 한 발 앞으로 나갈 수 있도록 길잡이가 되는 가족은, 서로에게 맑은 물로 스며드는 고마운 존재입니다. 물의 길이 사람의 길이기에 집은 이 세상 그 어떤 물보다 맑은 물이 고여야 합니다.

세 번째 흔적

작은 별 하나가

—

눈이 볼 수 있는 별의 빠른 움직임이
소원을 들어준다는 희망의 카드라면
하나의 별이 만드는 가장 큰 빛의 축복

벌어져 아픈 상처도 언젠가 아물 거라며
괜찮아, 다 잘될 거야 입버릇처럼 되뇌면
허공에 각인된 바람, 벗어날 어둠의 그늘

우주가 품고 있던 들떠 있던 내 별자리에
손으로 잡을 수 없는 작은 별 그 하나가
놓쳤던 시간을 잡아 꿈으로 반짝이는 날
—

당신의 소원은 무엇입니까

별똥별인 유성은 소원을 꼭 이루게 한다며 순간의 움직임을 포착합니다. 소원을 빌기도 전에 사라지는 까닭에 아쉬워하지만, 떨어지는 별을 본 것만으로도 뭔가 좋은 일이 생길 듯 기분이 좋아집니다.

달도 유성처럼 부여받은 역할이 소원을 들어주는 일입니다. 등불인 양 환하게 밝힌 하늘의 달을 보며 소원을 빌어도 좋습니다. 누구나 공평하게 기회를 줍니다. 특히 한가위 보름달은 그 밝기가 더 환합니다. 그래서 정말 무엇이든 다 들어줄 듯 너그러워 보이기까지 합니다. 혹여 기상의 문제로 달이 뜨지 못하는 경우를 제외하면 일 년에 한 번 언제나 그 자리에서 누군가의 소원을 듣고 있는 것만 같습니다. 그렇게 몇십 년을 빌고 빌어도, 효과가 너무 미미해서 그깟 소원 빌지 않겠다고 무시하며 지나간 해도 있습니다. 그럴 때면 뭔가 한 가지 빠진 듯 허전합니다. 소원을 비는 순간만큼은 경건했고, 겸허해졌으며, 그 소원을 이루기 위해 나는 과연 무슨 노력을 했을까 돌아보는 계기가 되었기 때문입니다.

달과 별은 절대, 그냥 소원을 들어주지 않습니다. 수호천사인 양 언제나 지켜보며 격려하지만, 노력 없이 바라는 요행을 들어주지 않습니다. 그렇게 생각하니 그동안 소원이 잘 이뤄지지 않은 이유가 부족한 노력 같아서, 괜한 요행을 바란 것 같아 부끄러워집니다.

당신의 소원은 무엇입니까, 그 소원을 이루기 위해 지금 어떤 노력을 하고 있습니까. 좋은 기운 북돋아 주는 수호천사 달과 별이 지금도 간절히 좋은 기운 북돋아 주고 있는데, 당신의 노력이 궁금합니다.

눈썹 같은 저 달이

—

어둠의 틈 비집고 나온
눈썹 같은 저 달이
자동차를 따라오네, 달리듯 같이 가네
활짝 핀 눈웃음 보며 함께 가고 싶다고

어디에 감추었는지 보이지 않는 두 발로
구름에 빠진 것처럼 헤치고 앞으로 나가
무슨 말 하고 있을까 귀를 열고 쳐다보네

고요와 어둠 사이에 자리 잡은 저 달이
배경에서 사라진 한 소절 감정의 흔적
변하며 살았던 날도
살만하다 등 떠미네

—

달인 듯 달이 아닌 사람

황진이의 기명은 명월입니다. 21세기까지 달의 빛으로 스민 그녀는 이제 기생이 아닌, 절창을 빚어낸 아름다운 시인입니다. 수백 년 전에 느낀 달빛의 환상은 변함없이 그대로이고, 그때 쓴 사랑의 시는 지금도 뜨겁게 가슴을 적십니다. 달이 아닌데 달이 된 시인 덕분입니다.

누군가 말합니다. 사주가 달빛이라고, 월광이랍니다. 그래서 좋아했습니다. '달빛이라니, 정말 매력적이지 않습니까' 하고. 그런데 그것이 아니랍니다. 어두운 밤 달은 사람들에게 길을 밝히지만, 막상 도착한 후에는 자신의 고생을 생색낼 뿐, 밝은 빛으로 길을 안내한 달의 고마움을 모른다고. 그래서 공은 있으나 상이 없고, 빛은 있으나 명예는 없다고, 그러니 얼마나 슬픈 사주냐고.

달이지만 달이 아닌 사람의 사주 탓이라며 공이 없다는 것이 억울하지 않았습니다. 환하게 밝힌 기운이 누군가에게 도움이 된다면 그것만으로도 참 좋았습니다. 달도 아닌데, 어쩌면 정말 달일지도 모른다는 착각을 하고 말입니다.

텅 비운 자리만큼 많은 사연 담고 있는 눈썹 같은 초승달은 변심한 사람의 구부린 등처럼 낯설고 서글프지만, 등이 휜 것 같은 아름다운 곡선의 멋은 그 어떤 달도 흉내 내지 못합니다. 억울하다지만 분명 달빛으로 사는 모든 날은 따라 할 수 없을 만큼 잘한 일과 멋진 일로 행복했을 것입니다.

모든 것을 알고 있는 듯 눈썹 같은 달을 보며 홀로 남겨져도 달빛 아래 자유로운 것은 변하며 다시 태어나는 달처럼, 변해야 살 수 있다는 것을 아는 까닭입니다. 미련에 눈물짓기보다 새로운 달로 다시 태어나, 더 아름다운 날을 만들 수 있는 까닭입니다. 실팍한 달의 빛이 하늘에 나타난 순간 점점 크게, 점점 환하게 어두운 세상 환한 빛으로 채울 수 있는 까닭입니다.

타다

—

닫히는 문틈 사이 휴지처럼 구겨 넣고
타고도 숨 쉬지 못할 출구 없는 틈에 갇혀
탔다고 쓸어내리는 오늘이 위태롭다

출처를 알 수 없는 숨결을 외면하며
틈과 틈 사이의 납작해진 종이 인형
한숨을 불어넣으면 고단한 혈색 돌아오고

되풀이된 지나침에 잡지 못해 어긋난 인연
행여 후회될까 봐, 아쉬워 가슴 칠까 봐
허공을 붙잡고 간다, 다리가 후들거린다

—

그래도 스쳐 지나갔다면

　신호등이 깜빡거립니다. 몇 초의 찰라를 놓치지 않고 달려가면, 전철의 문이 닫히려고 합니다. 문틈에 끼이듯 아슬아슬하게 탑니다. 혹여 이 전철을 놓치면 운명이 될 천 번에서 한 번이 부족하게 될까, 행여 그 한 번을 위해 우주의 만물이 나를 위해 돌아가지 않을까 걱정스러운 마음에, 목숨을 건 질주를 되풀이합니다. 그러나 천 번을 채우기에 횟수는 부족했고, 그래서 아무도 만나지 않았습니다.

　천 번 스쳐야 한 번 만난다는 말을 믿는 것은 아니지만, 이 세상의 많은 사람 중에 단 한 사람을 만나 운명 같은 인연으로 맺어진다는 것이 결코, 우연은 아닐 것입니다. 시작은 한 번이지만, 그것이 단초가 되어 스쳐 간 옷자락이 유발한 나비효과로 천 번을 만들기 위한 위대한 여정이었을 것입니다. 어찌 다급하지 않겠는지요, 운명이 되기 위한 우연을 천 번 만들어야 하는데.

　불과 3, 4초 남은 초록 불 앞에서 미친 듯 뛰어가는 모습에 3초 먼저 가려다가 30년 먼저 간다는 표어를 떠올리며, 뭐가 저리 급할까 싶어서 달리는 사람의 뒤에서 혀를 찹니다. 그러다 생각을 고쳐봅니다. 천 번을 채우기 위해 저리 급히 달려가나 보다, 이번에 놓치면 또 한 번은 기약할 수 없기에 후들거리는 다리와 두근거리는 가슴을 안고 저렇게 마음이 급해졌나 보다, 그렇게 생각하니 사람들의 조급한 행위가 이해됩니다.

　위험을 무릅쓰고 전철을 탔습니다. 꼭 타야만 될 것처럼 아슬아슬하게 탑니다. 벌렁거리는 가슴은 이내 가라앉아 편안해졌지만, 발 디딜 틈 없는 사이에서 도대체 누구의 옷자락이 스쳤는지 모른 채 가고 있습니다.

아득한 날

—

계절의 경계가 힘없이 무너지면서
무슨 일이 생길까 알 수 없는 내일은
완벽한 계절의 위용 찾을 수가 없었네

때가 되면 오던 날과 때 되어 만난 인연
저 홀로 부서져 내린 방치된 햇살 속에서
한 송이 꽃이 되고픈 꿈으로 산 아득한 날

무너진 사람의 경계 가슴에 금이 가면
마른 눈물 삼키며 괜찮다고 말해도
앞으로 가던 길 멈춰 주저앉아 울고 싶었네

—

때가 되었다고

봄이 가면 여름 오는 것처럼, 때를 거스르는 자연의 이치는 없습니다. 고쳐야 할 때, 바꿔야 할 때, 버려야 할 때, 나서야 할 때, 떠나야 할 때 등 적당한 '때'가 있다는 것은 억지로 되는 일이 아닌, 적절한 시기일 때 가능합니다. 계절의 자연적인 순환처럼, 사람도 필연적 순환으로 인한 필수 불가결한 '때'가 있습니다.

열 번 속아도 열한 번째 또 속는 사람은 믿는 것은 당연한 일이라며 오히려 믿지 않는 사람을 이해하지 못합니다. 신뢰한 만큼 믿음으로 답하지 않아도 믿음을 소중하게 생각하는 사람입니다. 열 번 속은 후 열한 번째 속는 것을 본 사람이 묻습니다. "어떻게 또 속을 수 있지?" 대답은 간단합니다. "설마 또 속이겠어." 그러나 되풀이된 거짓으로 사람과 사람이 만든 믿음의 경계가 무너집니다. 더는 회복할 수 없는 지경이 된 후에 생각합니다. 아무리 믿어도 거짓으로 만들어진 인연이라면 끝내야 좋을 '때'가 된 것이라고.

나쁜 일을 기억하며 짧은 인생을 사는 것은 감정의 낭비입니다. 좋은 일만 기억하고 싶다면 힘들고 나쁜 기억도 내 삶의 일부라는 것을 인정해야 합니다. 지우고 싶을 만큼 아프고 어려웠던 그 길이 더 좋은 날로 가기 위한 가장 중요했던 길이었다며, "때'가 되어 벌어지는 모든 일을 현명하게 받아들일 수 있어야 합니다.

열 번 속아도 열한 번 속을 수 있는 착한 심성, 속아도 속은 줄 모르고 행복했다면 그것으로 속인 사람만 불쌍할 뿐, 행운의 여신은 언제나 속은 사람 편입니다. 그러나 속고 속이는 과정이 다시는 되풀이 되지 않았으면 좋겠습니다.

그 말이 슬픔이었네

—

해독이 불가한 백색 잡음의 질감
흔적 없이 지나쳐간 바람의 그림자처럼
살면서 들었던 말이 삶을 지탱하지 않았네

사람을 동반한 묵어서 해진 사연은
수런수런 수다스런 생명 없는 말의 울림
심장에 닿지 않으면 걸림돌 되지 않고

바라보는 시선이 햇살을 비껴갈 때
단 하나의 기억에서 비로소 자유로울 때
한때는 행복했다는 그 말이 슬픔이었네

—

인생 최고의 날을 위하여

작지만 당찬 아이를 보며 어른들은 '참 야무지네, 누군지 복덩이 데려가겠네.' 그 말이 쑥스러워 '치! 난 결혼 안 해요. 예쁜 아이 낳아서 혼자 키우고 살거예요.' 말이 씨가 된다고, 정말 그 씨앗이 세상 밖에 싹을 틔웠고, 말대로 되었습니다. 복덩이라는데, 야무지다는데, 그 말이 왜 쑥스러웠을까요.

'오이디프스 왕'과 '잠자는 숲속의 공주', '트로이 목마의 파리스 왕자' 등 만약 그때 그 예언이 아니었다면 예언처럼 될 까닭이 없습니다. 예언을 피해 가는 길이 알고 보면 예언대로 가는 길이었다니, 미래를 기대했던 말이 문제입니다. 살면서 듣게 되는 말에 좌우될 필요는 없겠지만, 무시할 수도 없습니다. 그러나 말이 만드는 허상에서 벗어날 수 있다면, 그것이 조금 고집스럽고 외골수처럼 느껴지더라도, 무시하며 사는 것도 괜찮습니다.

오래전 본 영화의 한 장면이 지금도 기억에 생생합니다. 탁월한 실력의 인디언 소년이 프로 구단에 이용만 당한 채 부상으로 더는 선수 생활도, 코치조차 될 수 없는 지경이 되자 버림받습니다. 길에서 연습하는 아이들이 '코치'라고 부른 호칭에 울음을 터뜨리는 장면입니다. 그 한 마디로 그는 다시 달리기 시작하며, 코치로 살기 위한 새로운 목적을 꿈꿉니다.

누군가 했던 한 마디에 상처받고 포기한 것을 변명하기보다 그것을 발판 삼아 도약하는 사람과, 좌절하는 사람이 보여주는 결과는 비교할 수 없습니다. 인생 최고의 날은 잘할 수 있다며 스스로 날아오를 수 있다는 신념에서부터 시작한다지만, 칭찬이 쑥스럽다며 황당한 말로 쉽게 미래를 예상해서는 안될 일입니다. 그 한 마디가 꼭 이뤄진다고 생각한다면.

열린 결말

—

끝나도 끝나지 않은 영화 한 편 보았네
절정을 위해 만든 눈부신 대사 한 줄
설레는 가슴 속에서 나인 양 두근거렸네

이왕이면 해피엔딩 모두가 행복하다면
극장 문 나서는 발길 가벼워 날아갈까
기대할 내일이라며 웃는 웃음 아쉬움일까

마음대로 생각하세요, 활짝 연 무책임의 문
끝을 내기 어려워요, 작가의 상상력 한계
열어도 닫고 싶었던 그런 영화 보았네

—

당신 뜻에 맡기겠습니다

언제부터인가 사람들을 위한 문화 활동은 독서보다 영화나 TV 드라마가 되었습니다. 한 편의 드라마는 경제적 성과로 답을 하며 유행을 선도하고, 주인공은 최고의 인기를 구가하며 새로운 스타가 탄생합니다. 탄탄한 필력을 바탕으로 달콤하지만 오싹하고, 재미있지만 눈물 흘리며 동조하는 드라마 한 편으로 사람들의 발길을 집으로 향하게도 합니다. 그렇게 한 시대를 풍미하는 드라마 덕분에 이야기를 구성하는 작가들의 영향력도 최고가 됩니다.

사람들의 부푼 마음을 있는 힘껏 끌어올려 상상의 나래를 펴게 했는데 열린 결말이라며, 마지막은 상상에 맡긴다며 뜨뜻미지근하게 마무리합니다. 당신 뜻에 맡긴다니 꽤 멋진 일처럼 보입니다. 마음먹은 대로 마지막을 장식할 수 있으나, 그것은 재미없습니다. 잘 차려진 밥상을 받아먹는 것과 스스로 차려서 먹어야 하는 밥상은 다르니까요. 열린 결말은 작가의 상상력 한계가 드러난, 결과에 대한 책임 회피처럼 보입니다.

주인공에게 감정 이입되어 몰입했던 시간은 현실적이지만 실망하지 않을, 끝은 났지만 진한 여운으로 가슴에 기억될 그런 결과를 기다립니다. 부푼 가슴을 풍선 바람 빠지듯, 끝날 때만 되면 모두 개과천선하고 언제나 성공하는 주인공은 보고 싶지 않습니다. 그도 아니면 마음대로 생각하라는 열린 결말, 상상력을 극대화 시킬 수 없는 열린 결말은 의미가 없습니다.

글이란, 시란, 열린 결말에 보편적인 타당성이 제공되어야 합니다. 열어놓은 문으로 들어가 상상력 가능한 마지막을 마음껏 펼칠 수 있어야 합니다. 그리하여 생각 한 뼘, 감성 두 뼘 자랄 수 있어야 합니다. 그래야 열어도 닫고 싶지 않은 열린 결말이 될 것입니다.

처음 가도 좋은 길

—

지나간 세월은
모든 시간의 고향
나무 안쪽에 새긴 굵은 나이테처럼
떠나며 남긴 발자국 읽을 수만 있다면

부풀었던 바람이 햇살의 품을 열며
갈 길 바쁜 사람처럼 앞장서 걸어가고
싱싱한 기대는 항상 갓 태어나 요동치고

하늘의 붉은 이마 환하게 보이는 날
아직 남아 있다는 시간을 불러 모아
새로운 날이 된다면
다시 가도 좋다고

—

붙잡고 싶은 순간들

고려 말 우탁은 백발과 주름은 막으려 해도 소용없다며 '탄로가'를 지었습니다. 동짓날 기나긴 밤 한 허리 베어놓고도 싶은 황진이 마음에 동조하며, 아름다운 한 시절 잠시 붙잡아 병 속에 담고 싶다며 노래도 부릅니다. 모두 소용없다는 것을 알지만, 정말 그랬으면 좋겠네, 합니다.

살아온 날을 돌이켜보면 참 많은 일이 있습니다. 별일 아닌 듯이 가볍게 여기고 싶지만, 기분에 따라 체감하는 감성은 항상 다릅니다. 중요한 것은 언제나 최선을 다했다면 그것이 최고의 선택이 아니어도 다행이라는 것입니다. 최선을 다하지 않는다면 항상 뒤돌아보며 미련이 남아 아쉬울 테니까요.

일한 만큼 주름진 손과 움직인 만큼 고단한 발, 푸석한 피부와 희끗희끗 빛바랜 머리칼 등 나이 들어 변하는 모습에 조금씩 적응합니다. 살아온 흔적이 구석구석 통증으로 남아서 약의 양이 많아지고 잠 못 드는 밤이 되면 꾀부리지 않고 살았던 날을 조금 후회도 합니다. 늙어가는 과정이라며 통증조차 당연하게 생각해도 남겨놓은 초라한 결과 앞에서 '언제나 열심히 잘 살았다'는 말로 자신을 평가할 수 있다면 세상 떠나는 일이 조금 홀가분할 것 같기도 합니다.

세월에 발맞추어 살아가는 길목에서 하늘이 너무 맑아 눈이 부신 날, 만발한 꽃의 정원에 꽃이 되어 앉아있던 날, 아름다운 노래 한 곡에 감동하여 가슴 뭉클한 날, 누군가 전하는 다정한 말 한마디에 눈물 핑 도는 날, 아장아장 걷던 아이가 스스로 제 길을 펼쳐 보인 날, 오직 엄마만을 위해 마음 써주는 착한 아들과 함께 하는 날, 세월이 잠시 멈췄으면 좋겠다고, 그렇게 잠시 시간을 붙잡고 싶은 날도 있었습니다.

길 끝에서

—

알고 가는 모든 길이 달라서 벌어진 일

벽으로 선 길의 문양 발걸음 멈추는 곳

제대로 볼 수 있다면 끝까지 가도 좋을

보고도 본 줄 몰라 지나친 시선만큼

바람을 덧댄 자리 멀어진 거리만큼

흔적의 한가운데 서서 잠시 머물러도 좋을

—

끝까지 가지 않아도 압니다

　미노타우로스를 숨기기 위해 만든 다이달로스의 미궁에 들어가는 일을 상상합니다. 수많은 벽 앞에서 분명 뒤돌아 걷고, 다시 또 뒤를 돌았을 것입니다. 나가는 입구를 찾을 길 없어 밀랍으로 날개를 만들어 탈출에 성공한다면, 날개가 녹는 줄 모르고 태양까지 오르는 이카로스처럼 추락하게 될지라도 분명 끝없는 도전이 동반된 인생을 살 것입니다. 그래야 사람입니다.

　정확히 판단해서 현명한 선택을 해야 할 때, 그것이 만족스럽지 못하면 콩깍지를 탓합니다. 콩깍지로 인해 제대로 볼 수 없었고, 콩깍지 때문에 지금의 삶이 만들어졌다고. 말에 실린 감정은, '때문에'와 '덕분에', 두 가지를 어떻게 사용하느냐에 따라 달라집니다. 콩깍지 덕분이라면 행복을, 콩깍지 때문이라면 충분히 만족한 것은 아니라는 것을. 그러나 그 콩깍지 덕분에 새로운 인연이 시작되었고 사람을 알게 되었으며 삶의 시작점이 사랑일 수 있다는 것, 우리는 그것도 알고 있습니다.

　끝까지 가봐야 압니다. 제대로 된 길을 모르고 가는 까닭에, 가지 못한 길의 환상은 길이 아닌 길을 걷게도 합니다. 시작이 좋았다고 결과가 좋은 것은 아니며, 열심히 최선을 다했다고 잘못된 일을 용서받는 것은 아닙니다. 책임져야 하는 결과는 오직 자신만이 감당해야 합니다.

　잘못된 판단으로 수습조차 못 할 큰 실수를 저지르고 인생을 나락으로 떨어뜨립니다. 해서는 안 될 일을 저질러놓고, 알고 가는 길의 끝에서 나만 괜찮다며 포기하지 못한 어리석은 믿음은 밀랍 날개를 달고 태양 가까이 날아오르다가 결국, 추락합니다. 그래놓고 용서를 구합니다. 참 불쌍한 사람입니다.

아름다운 흔적

—

햇살을 꽃잎에 엮어 연둣빛 봄 거두면

여름을 지고 온 바람 물러설 곳 없다며

하늘 끝 닿은 후에야 빛으로 쏟아졌네

아름다운 기억은 잘 살았던 날의 흔적

태양을 품고 있는 찬란한 그림자가

허공에 그렸다 지운 이름을 들여다보네

—

7천 년 전 신석기 시대에 새겨놓은 울산 반구대 암각화에는 지구상에 현존하는 가장 오래된 고래사냥 그림이 있습니다. 고래뿐 아니라 총 307점의 형상, 배와 사람 등 그 의미를 알 수 없는 주제 미상의 그림이, 정확한 제작 연대 및 의도는 알 수 없지만, 단단한 돌에 새긴 수많은 문양에 간절한 바람도 함께 새겼다는 것을 느낄 수 있습니다.

농사짓기 전 수렵사회에서 생존은 가장 큰 문제였고, 먹고 사는 일이 우선이기에 원하고 바라는 소망을 돌에 새기면서 다짐했을 절박함이 느껴집니다. 종교 이전의 사람은 자신이 믿는 것을 위해서 제 목숨을 걸었습니다. 암각화에 새긴 형상은 그 시작점일 것입니다. 죽고 사는 문제 중에 최우선은 먹는 일이며 흔적으로 남긴 벽화나 암각화 등의 형상은 원시시대 인류의 생존 경쟁을 가장 극명하게 보여주는 단서입니다.

사람이 남긴 기록은 벽화보다 더 명확합니다. 나라를 세우고, 영토를 확장하고, 인류의 평화를 위해 헌신하고, 위기를 극복하여 고난으로부터 나라를 구하고, 세상을 이롭게 합니다. 그렇게 남긴 이름은 그 무게를 감당할 수 있어야 하며, 책임져야 합니다. 그 가치는 정확한 기록에 의해 의미를 더합니다.

진심이 만든 봉사와 열정과 헌신, 정직한 충심은 세상이 바뀌어도 퇴색하거나 변하지 않는 위대한 업적으로 남습니다. 그것이 어려운 일인지, 영원한 기록으로 남는다는 것을 알면서도 아름답지 못한 흔적이 참 많습니다. 아무리 많이 먹어도 하루 세 끼 이상은 먹지 못하는데, 먹고 사는 일이 죽음과 밀접하게 연결된 원시인도 아니면서, 자자손손 하루에 열 끼 이상 먹고 싶은 원시인만도 못한 미개한 이름이 많아도 참, 너무 많습니다.

네 번째 흔적

해독이 필요 없는 마음이 열어놓은 길

시, 시인, 시의 집

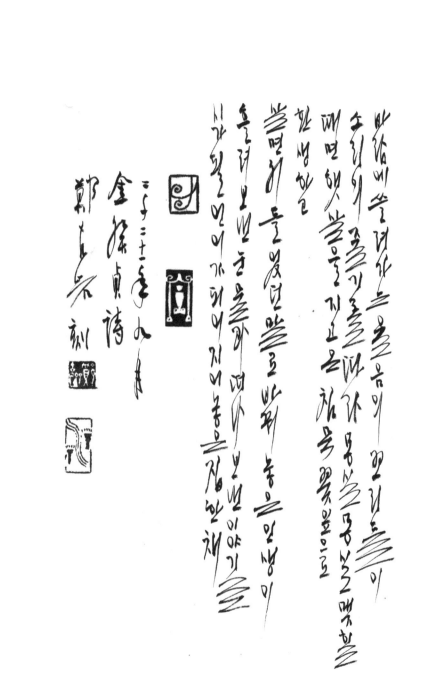

그 집에 가고 싶다

—

바람에 쓸려가는 울음의 꼬리들이
소리의 줄기를 따라 몽실몽실 맺힐 때면
햇살이 지고 온 침묵
꽃잎으로 환생하고

살면서 들었던 말로 바꿔놓은 인생이
흘려보낸 눈물과 떠나보낸 이야기로
시가 될 언어가 되어
지어 놓은 집 한 채

—

사악함이 없는 집의 문은 열렸는데

공자는 시경에서 시 삼백 편을 읽으면 사악함이 없다고 했습니다. 삼백 편을 읽고 외울 수 있는 감성이라면 세상의 도리를 알면서 순수해질 수 있다는 것인데, 정말 그럴까요? 시 삼백 편 읽고 외우면 사악한 기운이 없어지고 순수한 마음으로 세상을 바르고 공정하게 대할 수 있을까요?

시를 읽지 않으니 생각을 할 수 없고, 생각을 할 수 없으니 품고 있는 시의 순수함을 느낄 수 없으며, 느낄 수 없으니 정화되지 못하며, 정화되지 않으니 잦은 다툼과 탐욕으로 얼룩진 세상에서 아웅다웅 다투면서 오늘만 사는 사람처럼 선과 악 구별도 하지 못해 저만 잘났다고 우기며 사는지도 모릅니다.

삼국사기로 유명한 고려 중기 유학자 김부식의 라이벌은 정지상입니다. 특히 중국에서 극찬한 정지상의 '송인'은 이별 시로 유명하지요. 모든 것이 정지상보다 우위에 있던 김부식이지만, 유일하게 문장력 부분에서 정지상을 능가할 수 없었던 김부식이 정지상이 쓴 한 구절 시구에 매혹되어 그 구절을 자신에게 달라 청했으나 정지상은 주지 않습니다. 설마 그 일이 한이 되어 묘청의 난이 일어났을 때, 가장 먼저 정지상을 죽이지는 않았겠지요. 그랬다면 시 삼백 편을 읽고 외웠을 김부식은 바르지 못한 명분에 순리를 거스를 수밖에 없는 어리석은 정치인일 뿐입니다.

사악함이 없는 아름다운 시의 집에 문은 항상 활짝 열려있습니다. 많은 사람이 시를 읽었으면 좋겠습니다. 한 편의 시에 위로받고, 한 줄의 표현에 감동하여 가슴까지 따스한 기운이 스몄으면 좋겠습니다. 어쩌면 그것이 좀 더 바르고 아름답고 편안한 세상을 만드는 가장 빠른 지름길이 될지도 모릅니다.

보물지도

—

너를 숨겨놓은
시집은 보물지도
페이지를 들추면 열리는 비밀의 문
문장에 새겨진 마음 해독이 필요하다고

진지한 고백처럼 정돈된 배열마다
알 듯 말 듯 어려운 깊어진 생각의 간극
사람을 읽은 것 같은 민낯을 본 것 같은

간혀있던 글자가 잠에서 깨어나듯
도드라진 표현으로 만발한 시의 행간
편 편의 마디에 새긴
보물이 된 널 찾았네

—

이미 알고 있는 마음인데

'보물섬'의 짐이 보물을 찾아 나섭니다. 해적이 숨겨놨다는 보물찾기의 가장 핵심은 '지도'와 '보물'입니다. 지도가 있어야만 보물을 찾을 수 있고, 찾아야만 어떤 보물인지 알 수 있습니다. 지도를 들고 찾아가는 일은 방해자가 나타나지만 않는다면 어려울 리 없지요. 당신에게 필요한 보물 지도는 무엇입니까.

열 길 물속은 알아도 한 길 사람 속은 모른다는데, 사람의 마음길을 안내하는 지도는, 글입니다. 글에는 쓴 사람의 생각과 정신과 혼이 들어있기에 읽는 사람은 글을 통해 고스란히 글에 스민 '사람'을 느낍니다. 글 쓰는 일이 어려운 까닭은 정직한 글로 자신을 드러내어 보편적인 공감을 유도할 수 있기 때문입니다. 글도 감쪽같이 거짓으로 꾸며 쓸 수 있다지만, 진실한 글은 쓴 사람의 성정이 드러나게 마련이고, 읽는 사람은 글을 읽으며 쓴 '사람'의 '진심'을 느낄 수밖에 없기에, 거짓으로 쓴 글은 가짜 보물 지도처럼 아무 소용없다는 것을, 쓰는 사람도 읽는 사람도 쉽게 알 수 있습니다.

사랑한다고 믿었던 사람의 행동이 이상하게 여겨지면 '변심했구나' 가장 먼저 느끼게 되는 것도 바뀌고 있는 작은 변화가 감지되어서입니다. '정말 사랑'하냐고 물으면, 의심한다며 억울하다지만 그 어떤 사랑도 의심이 시작되었다는 것은 굳이 말로써 확인하지 않아도 이미 사랑이 떠났다는 것입니다. 이미 알고 있는 마음이지만 그동안 함께 만들었던 많은 사연과 추억과 기쁨을 차마 놓을 수 없어 행여 다시 돌아올까, 기다립니다. 사랑을 돌리고 싶어서 마음의 보물 지도를 갖고 싶지만 제 마음을 이미 제가 거둬갔기에 그 어떤 보물 지도도 소용없었습니다.

네 번째 흔적

시의 내력

—

불쑥 꺼내어 놓은 설익은 마음 한 줄

부풀어 흩어지는 꽃잎인 양 푸릇한 문장

펼쳐진 시의 내력이 나의 이력이라면

눈물로 가득 채운 사연의 환한 틈새에

신성한 시의 향기 한 겹 한 겹 쌓이면

슬픔도 빛나는 조각 시가 되니 좋았다고

—

그래도 내가 주인공

"내 얘기를 소설로 쓰면 열 권도 넘을 거야", "내가 살아온 날을 말로 하면 사흘 밤낮도 부족해" 사연 많다는 것을, 힘들게 살았다는 것을 사람들은 이렇게도 표현합니다. 이제는 말할 수 있다며 파란만장한 삶이었지만 담담하게, 때로는 눈물 글썽이며 지난날을 이야기합니다.

약간의 차이는 있겠지만, 굴곡진 그 삶이 다른 사람들과 크게 다르지 않습니다. 유별난 사연이라며 특별할 것 같아도, 감당하는 일이 너무 힘들어도 포기하지 않았던 모든 날이, 다른 사람들과 크게 다르지 않습니다. 그러나 영화 같고 소설 같은 삶이라며, 가슴 앓았던 기억과 봄날에 벚꽃 날리듯 허무하게 흘러간 인생을 한 편의 시로 쓸 수 있다면, 누군가의 인생에 엑스트라 1, 2, 3으로 스친 것이 아니라 자신이 만든 인생에 가장 중요한 사람으로 살았다는 것을 한 편의 시로 남길 수 있다면, 그래서 삶의 내력이 시의 이력이 된다면 시인으로 살았던 날은 행운이 아닐까 싶어집니다.

화를 내야 할 때 화내지 않고 눈치 봤던 일, 부당한 일에 '왜'를 말하기보다 모두가 편안하기 위해 속으로 울음 울었던 일, 가진 것 없어 나서지 못하고 초라하게 움츠러들었던 일로 참고 감당한 아픈 상처조차 암묵적인 용서와 눈물로 감당했는데, 그것을 들춰내어 억울한 삶이었다며 후회한다면 그것이 더 안타깝습니다.

소설의 주인공처럼 변화무쌍했고, 순간순간 피고 지는 꽃보다 더 아름다워서 남들과는 다른 삶을 살았던 인생이라면 그것만으로도 참 멋진 일입니다. 그래도 소설이 되고 시가 되어야 한다면, 글로써 표현할 수 있을 때 그 가치가 높아질 것 같은데 모두가 감동할 수 있는 필력, 그것이 문제입니다.

어떤 외면

—

펼쳐보지 않으면 시집은 시의 무덤

네가 나를 떠나며 외면한 눈빛처럼

무심과 관심 사이를 헤매는 글의 입자

헐렁한 시간 안에 저 홀로 아름다웠고

헐거운 시의 집에 저 홀로 위대했던

외면한 언어가 모여 줄 세운 시의 묘비

—

아름다운 묘비명

한 권의 시의 집에 문패가 선명합니다. 그 한 권으로 비로소 시인이라는 것을 자각하고 시에 대해 책임져야 하는 무게감을 느낍니다. 그렇게 책임과 열정으로 지어진 시집 한 채는 독자가 아닌, 시인들끼리 나눠보는 것으로 제 생명 다하는 경우가 더 많습니다. 시를 읽지 않는 까닭입니다.

나누고도 남겨진 시집이 책꽂이에 줄지어 서 있습니다. 가만히 누워 줄 선 시집을 바라보는 마음이 왜 그런지 섬뜩합니다. 같은 색깔, 같은 표지, 같은 제목으로 꽂혀있는 시집이 시의 묘비명처럼 보입니다. 내 시집도, 내게 보내준 다른 시인들의 시집도 흔들림 없이 꼿꼿이 서 있는 모습이 줄지어 선 묘비명처럼 보인 순간, 벌떡 일어나 한 권의 시집을 꺼내 한 편씩 다시 읽기 시작합니다. 읽지 않는 시에는 생명이 깃들 수 없고, 읽어주지 않는 편 편의 시는 세상에 있는지도 모르고 쓸쓸히 그렇게 잊힌다는 것이 안타까워집니다.

한 편씩 읽을 때마다 시의 얼굴이 환하게 살아납니다. 시를 외면했던 마음이 부끄러워서 다시 읽고 꽂아놓고 다시 한 권씩 꺼내어 읽습니다. 좋은 시는 사람들에게 소개합니다. 단 한 사람의 독자라도 읽어만 준다면 그것으로 시를 알리는 일은 성공입니다. 죽어있는 시의 생명을 살리기 위해서 시인이 먼저 무엇인가 시작해야 합니다.

마음 안에 감추어진 사랑도 혼자만 앓고 있으면 그것은 사랑이 되지 못합니다. 펼쳐서 읽지 않는다면 시집 안의 시도 더는 시가 되지 못합니다. 사랑을 사랑이라 말하고 함께 할 수 있을 때, 펼쳐서 읽을 수 있는 시집이 더는 줄 선 묘비명처럼 슬프게 보이지 않을 때, 새로운 생명이 시작됩니다.

시의 뼈가 흔들린다

—

허약한 상상력이 세운 힘없는 시의 뼈대

생각의 빈틈으로 생각못한 언어가 모여

안일한 글자의 배열 두꺼워진 소통의 벽

이성과 감성 사이에 홀린 것만 같아도

불어 넣은 숨의 결 아무도 읽지 않아

못 본 척 곁눈질하며 흘러버린 한 편의 시

—

시인이 그렇게 쉬운가요?

소설가, 수필가, 평론가, 작가 등 글을 쓰는 사람에게 '가'를 붙입니다. 그런데 오직 시를 쓰는 작가에게는 '시인'이란 명칭을 씁니다. 왜 시인일까요?

시인 김춘추 선생의 '나는 왜 시인인가?'에서 '존재하는 것의 슬픔을 깊이 느끼고 이해하려고 노력하기 때문에 시인이다. 그중에서도 사람이란 더없는 슬픈 존재다. 사람으로 태어난 슬픔을 아름다움으로 승화시켜야만 한다고 깊이, 깊이 느끼고 생각하기에 나는 시인이다' 그래서 시인입니다. 시인이란 호칭에 부끄럽지 않기 위해 '존재하는 것의 슬픔을 깊이 느끼고 이해할 수 있어야 하며, 더없이 슬픈 존재로 태어난 사람을 아름답게 승화'시킬 수 있어야 시인입니다.

한 편의 시를 완성하기 위해 수십 번씩 퇴고하면서, 자신의 감정에 충실하여 객관적이지 못한 시를 쓴 것은 아닐까, 공감하지 못하는 자신만의 감정을 꺼내놓고 이해하라고 강요한 것은 아닐까 싶어져서 자다가도 일어나 다시 한 번 읽어보고, 마음에 꼭 드는 표현 한 줄에 소리 지릅니다. 자신이 감동하지 못하면 다른 사람도 감동할 수 없다며 그런 시는 가짜 시라며 시인 자신이 시로 인정하지 않습니다. 그렇게 시를 씁니다. 그렇게 쓴 시가 훌륭한 작품은 아니라 해도, 그렇게까지 쏟아부은 열정으로 한 편의 시를 쓰는 사람이 바로 시인이고, 시인이 갖는 자부심입니다.

오랜 시간 마음을 쏟아부어 완성한 한 편의 시가 이 세상에 있는지도 모른 채 사라집니다. 슬픔을 아름다움으로 승화시키지 못해서일까요? 제 감정에 빠져 자신의 푸념을 시라고 꺼내놓았기에 공감할 수 없다며 외면한 탓일까요? 어렵게 시인이 되었지만, 시를 세상 앞에 내놓는 일은 언제나 어렵습니다.

고귀한 명예

—

번개처럼 스치는 짧은 어휘 한 소절

고귀한 시인의 명예 하늘까지 닿는다며

순간이 만들어놓은 글의 문양은 시의 입자

구차한 어제를 위해 변명하는 오늘은

시가 되지 못하는 불편한 언어의 낙인

사라질 말을 간추려 침묵 속에서 키웠네

—

다시 또 해봅시다

1998년 US 여자 오픈에서 우승한 박세리 선수는 우리나라 IMF 시기에 무엇이든 하면 된다는, 할 수 있다는 희망의 가능성을 맨발의 투혼으로 보여주었습니다. 슬럼프에 빠져 성적이 저조할 때 그녀가 인터뷰에서 말합니다. 항상 우승만 할 수 없다고, 어떻게 우승만 하겠냐고, 하지만 곧 좋아질 것이라고.

마케도니아의 알렉산더 대왕은 아버지 필리포스 2세가 주변 국가를 하나씩 정복해나가자 자신은 정복할 땅이 없겠다고 푸념을 합니다. 그러나 그는 그리스 전체를 통일한 후 동방원정을 떠나 이집트, 페르시아, 인도 북서부까지 영토 확장에 성공합니다. 그가 죽지 않았다면 그는 분명 더 많은 곳을 정복하여 세계의 역사를 완전히 바꿨을 것입니다.

노래, 소설, 영화 등 사람들의 상상력이 만든 창작 능력도 마찬가지입니다. 이보다 더 훌륭할 수 없겠다고 감탄하고 극찬했으나 더 아름다운 작품이 새로운 감동을 만듭니다. 예술에도 끝이 없으며 그렇게 세상은 넓고 할 수 있는 일은 많습니다.

어느 날 갑자기 한 편의 시도 쓸 수 없어서 알고 있는 어휘들을 불러 모아 억지로 시를 씁니다. 열심히 써도 시가 되지 않는 어휘들이 사춘기 반항아처럼 제각각 따로 놉니다. 그렇게 몇 달이 지나도 한 편의 시를 완성하지 못하자 '시의 생명이 끝났구나, 더는 시인으로 살 수 없겠구나' 시인이라는 자부심이 땅에 떨어집니다. 어떻게 항상 우승만 할 수 있겠냐고 말하던 박세리 선수와 아버지가 모든 나라를 정복하면 어떻게 하나 걱정하던 알렉산더 대왕이 떠오릅니다. 누군가의 고뇌 속에 탄생하는 새로운 것들은 쉽게 완성되지 않는다는 것을 알게 되면서, '다시 써보자.' 그 생각이 지금 이 자리까지 왔습니다.

홀대

—

달콤한 눈물의 경계 변명하는 인연이라면

무늬가 된 상처조차 흘러간 생각의 물결

기억을 홀대한 오늘 자랑스럽지 않겠네

잴 수 있는 무게로 저울질한 추억이라면

공기 중에 부풀었다 잘려 나갈 페이지

어제를 홀대한 대가 삶이 한 편 지워졌네

—

끝이 좋아야 좋은 인연

60개의 간지가 한 바퀴 돌아오면 만 60세, 우리 나이로 환갑입니다. 인생의 기초를 이룬 만 60년 앞에서 삶에 의미가 된 많은 인연을 떠올립니다. 아주 어린 시절부터, 최근에 알게 된 사람까지, 알게 모르게 내 인생의 한 페이지를 채웠습니다. 의미 있는 사람이 되어 좋은 인연으로 함께 살아갑니다. 그렇게 되기까지 '마무리'는 매우 중요합니다. 좋은 기억과 나쁜 기억의 경계는 어떻게 끝을 맺었는지 그것으로 결정됩니다.

시인 조병화 선생은 그의 작품 '작별'에서 '너만이라던지, 우리만이라던지, 이것은 비밀일세,' 같은 말은 하지 말라고 하십니다. 악수가 짐이 된다면 작별할 수 있는, 이별의 시간 앞에 후회하지 않을 만큼만 가볍게 사귀라고 한 편의 시에 담담하게 밝히십니다. 그것이 잘되지 않았습니다.

좋은 기억으로 남은 사람은 지금도 항상 보고 싶습니다. 어떻게 살고 있는지 궁금해서 잘 살 것을 믿으며 언젠가 다시 만날 날을 기대합니다. 그러나 끝이 나쁜 사람은 다시는 보고 싶지 않습니다. 궁금하지도, 우연히 만나는 것도 싫습니다. 진실하지 않았던 사람의 뒷모습은 기억 속에서 지웠고, 굳이 기억해 냄으로써 다시 상처받고 싶지 않은 이유이기도 합니다.

단편 소설 같은 한 편의 삶이 인생의 마디에서 사라진다면 이가 빠진 동그라미처럼 제 인생을 완성하지 못합니다. 가치 없는 인연이라도 홀대할 수 없는 이유는, 아무리 힘들고 아프고 고통스러워도 살아온 모든 날은 자신이 만든 결과물인 까닭입니다. 제 인생 한 부분을 잘라내고 홀대함으로써 열심히 살았던 제 흔적을 스스로 보잘것없게 만들 필요는 없습니다.

빛의 요새

—

삭제된 빛이 모였다 은밀한 밤이었다

온전히 차지한 하늘 얄팍한 달이라면

어둠의 등뼈에 새긴 불씨라면 좋겠다

반란을 꿈꾸지 못할 낮과 밤 사이에서

제 한 몸 키워 세운 찬란한 빛의 요새

공존의 공간 속에서 홀로 빛나도 좋았다

—

등불 되어 밝혔다고

　77억의 사람이 지구에 삽니다. 그 사람들은 사람으로 태어날 가치가 있어 이 세상에 나온 것이며 사람으로 태어난 이상 사람답게 살아야 합니다. 꿈을 위한 목표를 향해 스스로 노력하며 최선을 다해야 합니다. 평범한 삶이라도 꿈을 이룬 후에 펼쳐질 미래를 기대할 수 있습니다. 목적만을 위한 삶보다, 꿈꾸는 사람으로서 목표를 향해 전진하는 삶은 그 가치가 더욱 빛날 것입니다.

　답답한 일은 열심히 한다고 잘하는 것은 아니며, 열심히 한 만큼 좋은 결과로 이어지지 않는다는 것입니다. 그러다 보니 스스로 위축되어 자신감을 상실합니다. 잘한다고 믿었지만 초라한 결과 때문에 자신의 무능을 탓하며 앞으로 나가지 못하고 주저앉습니다. 꿈은 꿈일 뿐이라며 제 꿈을 접습니다. 꿈꾸어야만 이뤄진다는 평범하지만 위대한 사실을 외면합니다.

　77억 사람들이 모두 잘할 수 없습니다. 언제나 최고가 될 수 없으며, 모두 주인공이 될 수 없습니다. 그러나 자신의 인생에 자신만이 주인공이라는 것은 변함없는 사실입니다. 제 인생의 주인으로서 만족하지 못한 꿈의 결과, 평가에 무너지지 않을 정신력을 가져야 합니다. 그 정신력은 스스로 빛이 되어 자신을 밝힙니다. '최고의 빛이었다고' 격려하며 희망의 끈을 놓지 않습니다. 언제나 노력하며 열심히 살았는데 좋은 결과로 이어지지 않았다고 스스로 자멸하지 않습니다. 그 빛은 누군가의 등불이 되었고, 더불어 좋은 세상을 만드는 일에 동참했을 것이며, 사람으로서 사람의 가치를 높이며 아름다운 날을 만들었을 것입니다. 그래서 남의 시선에 최고는 아니어도, 자신에게는 언제나 최고가 되어 살았던 모든 날이어야 합니다.

환하게 점점 환하게

—

볕살 가득 품고 있는 태양을 소환하자

하늘이 입고 있는 우중충한 구름의 옷

어둠을 걷어내고서 푸른 장막 펼치라고

분주한 새벽하늘에 몽글몽글 맺힌 햇살

슬픔의 모든 길에 웃음꽃 피운다면

지상의 가장자리부터 환하게 점점 환하게

—

맑은 기운 나눠주는 사람

걱정이 없어 보이는 사람도 알고 보면 저마다 근심 하나 안고 삽니다. 허허실실 잘 웃는 사람도 돌아서면 제 근심에 한숨을 내쉽니다. '나만' 불행하고 힘들고 어려운 것이 아니라는 말입니다.

길을 걷다가도 웃긴 일이 생각나 두 손으로 얼굴을 감싼 채 나무 뒤에서 한참을 웃어야 하는 웃음 많은 사람이 있습니다. 너무 잘 웃어 나사 하나 빠진 것 아니냐는 소리도 듣습니다. 말똥 구르는 것만 봐도 웃음보가 터진다는 사춘기 소녀처럼 그렇게 잘 웃습니다. 덕분에 곁에 있는 사람들도 같이 웃습니다. "너는 뭐가 그렇게 좋으니" 물어가며 함께 웃는 그 시간은 걱정 근심이 끼어들 수 없습니다. 동안의 최고 비결이며, 웃는 만큼 복이 온다는데 그보다 더 좋을 수는 없습니다.

웃다 보니 슬픈 기운이 빠져나갑니다. 웃음 끝에 뭔가 다시 하고 싶어집니다. 알면서도 따라 할 수 없는 위대한 자산이며, 매우 훌륭한 정신력입니다. "너만 보면 기분이 좋아져" 그보다 더 좋은 찬사는 없을 것입니다.

가만히 앉아있는 모습을 본 누군가 말합니다. "웃을 때 표정은 햇살보다 환했는데, 표정 없이 앉아있는 얼굴은 금방 울 것처럼 보이네"하고. 잘 웃기에 가만히 있어도 웃는 얼굴이라고 착각합니다. 가만히 있을 때 어떤 표정이었는지 몰랐는데, 그렇게 제 속 고스란히 드러난 얼굴은 웃는 얼굴이 아니라 웃음기 걷어낸 후 나타납니다.

그래서 다시 웃습니다. 가만히 있으면 슬픔이 따라오고, 많이 웃으면 복이 들어온다는데, 나를 보며 따라 웃고, 웃으면서 같이 복을 받으며 잘살자고.

술이 말했다

—

마시는 양을 비례해 시한폭탄 터졌다
한 잔의 술이 꺼낸 가려진 삶의 안쪽
가벼운 입이 점화한 소리는 요란했다

마른하늘 날벼락처럼 벌어진 빈틈으로
흩어진 술의 파편이 불러온 마법의 말
마음에 담지 말고서 번개처럼 지나가라고

벌렁거릴 가슴은 사그라들 남의 일
비밀이 되지 못할 간지러운 입이라면
더하고 뺄 것도 없이 완성하라는 술의 퍼즐

—

악마의 유혹이라고

아담이 술을 빚을 때, 한 모금 마신 악마가 감동한 대가로 양, 사자, 원숭이, 돼지 등 네 마리의 피를 거름이라며 포도밭에 줍니다. 풍성하게 자란 포도로 빚은 술은 양처럼 순했다가 사자처럼 사나워지고, 원숭이가 되어 춤추고 노래하다가 끝내 돼지처럼 꽥꽥 토하며 아무 데나 누워버리니, 악마는 자신을 대신하여 인간들에게 술을 보냈다고 탈무드에 전해집니다. 네 가지 동물의 속성을 간직한 술은 인간의 가장 심약한 부분을 건드렸고, 술 덕분에 또는 술 때문에 희노애락이 만들어집니다.

차마 할 수 없는 말을 술의 힘을 빌려 용기 내는 경우가 있고, 굳이 말하려고 작정한 것은 아니지만 술로 인해 술술 말할 때가 있습니다. 술의 문제는 어떤 사람과 마셨는가에 따라 실수로 끝날 수 있고, 잘못이 될 수 있다는 것입니다. 왜 그랬을까, 술이 문제야, 아니야 입이 문제야 하면서 원수가 된 술을 자제하지 못하고 마신 자신이 문제라며 후회합니다. 과음으로 인한 실수는 그렇게 두고두고 대가가 따릅니다.

당나라 시인 이백은 술과 달을 떠올리게 합니다. 술에 취해 달을 잡으려다가 물에 빠져 죽었다는 이야기가 만들어질 정도이니, 달을 사랑하고 술을 좋아하는 풍류 시인 이백의 감성은 그 누구도 따르지 못할 듯합니다. 술에 취해 혼미한 감성으로 어떻게 시를 쓸 수 있었을까, 정신 바싹 차리고 한 줄 한 줄 시를 완성하는 사람으로서 정말 부럽습니다. 시는커녕 실수를 저질러놓고 전전긍긍, 노심초사인 사람도 있는데, 누군 시가 되는 술이라니, 달라도 참 너무 다릅니다. 시선이 되고 싶은 것이 아니라, 실수나 하지 않았으면 좋겠다니.

잣나무 숲, 담보를 잡다

—

가평 잣나무 숲이 담보로 잡은 손 있다

가질 만큼 갖는 대가 내어놓은 목숨 줄

허락한 나무 끝자리 허공에 기댄 발자국

흔들린 시간을 모아 간절하게 기도하며

만발한 가지 앞에 제 손으로 불러온 바람

한입에 톡 털어 넣을 고소함이 무섭다

—

흔들면 흔들리는 대로 따라서 흔들렸다

잣을 땁니다. 높이 25m 이상의 나무 위로 7kg쯤 되는 장대를 들고 오릅니다. 잣은 나무 꼭대기에 열매가 달리기에 사람이 올라가 따는 수밖에 방법이 없습니다. 평생 잣을 따며 살았다는 사람의 얼굴은 심오합니다. 잡념 없는 말간 얼굴이 하늘보다 더 맑고 푸릅니다.

다람쥐처럼 가뿐하게 오르는 모습이 쉬워 보였지만, 위로 오를수록 굳어지는 표정에 보는 내내 손에 땀이 납니다. 저러다 아차 하면 끝인데, 가슴이 조마조마합니다. 잣 따기에 가장 편안한 나뭇가지에 몸을 기대고 장대로 툭툭 가지를 칩니다. 칠 때마다 후두둑, 잣이 떨어집니다. 보는 사람은 휘청거려 아무 말 못 하는데, 따는 사람은 평온합니다. 바람이 흔들면 흔들려가며 흔들려 주고, 멈추면 서늘한 가슴 쓸어내리며 나무의 가지가 되어 멈춥니다.

가끔 누군가 자신의 이야기를 허심탄회하게 털어놓을 때가 있습니다. 듣다가 이야기에 취해 본인의 일인 양 같이 울고 웃습니다. 공감 능력이 뛰어난 사람입니다. 고개 끄덕이며 "너만 힘든 거 아니야, 누구나 다 그렇게 살아", 이해로 끝내기보다 몰입된 감정이 밖으로 표출되어 함께 웃고 울어가며 시간을 공유합니다. 좋은 인연의 사람입니다. 이해라는 잣대로 비판하기보다, 동조하고 공감하면서 건강한 인연의 사람이 됩니다.

흔들면 흔들리는 대로 따라서 흔들리다 보면 떨어질 수 없는 한 몸처럼 나무와 사람이 하나가 되어 무사히 잣을 거둡니다. 그렇게 되기까지 참 힘들었겠습니다. 공감하는 감성으로 흔들면 흔들리는 대로 사람과 사람도 하나가 되어 서로를 보듬어 안고 살아가는 세상, 그렇게 되기까지 참 힘들겠지만, 그런 사람이 되기 위한 필수 항목은 '진실'입니다.

129

노을의 안부

—

햇살을 등에 지고 가장 먼저 부린 빛이

가장 높이 오른 후에 다시 돌아가기까지

하늘의 정수리부터 돋아난 노을의 시간

바람에 불려가듯 숨 가빠진 하루가

햇살을 튕겨내며 어둠 속에 스며들면

또 하루 잘 살았다며 전하는 안부 인사

—

시 한 편 남겨놓고

새해 첫 일출을 보기 위해 사람들이 모입니다. 저마다 두툼한 옷으로 온몸을 감싼 채 해 뜨는 모습 앞에서 일 년의 첫날을 시작합니다. 태양은 바다 안쪽부터 서서히, 아래에서 위를 향해 천천히 제 존재를 드러냅니다. 사람들을 보며 하루의 시작이라며 제 얼굴 보여줍니다. 기다리니 만났다며, 그것이 고맙다며, 반갑게 아침 인사를 합니다.

고단한 하루의 시선이 땅끝 가장 안쪽에 머무는 노을의 시간을 봅니다. 지는 해 앞에서 갖게 되는 마음은 조금 다릅니다. 어떤 하루를 보냈는지 후회와 반성의 시간을 갖습니다. 햇살을 등에 지고 바빴다며 노을 끝자락에서 안도의 숨 내쉽니다. 돌아갈 집이 있다는 것에 마음이 설레고, 만나도 좋은 사람이 있기에 더없이 행복합니다. 그렇게 태양이 제 일과를 마치고 하산하는 것처럼 사람은 하루를 모아 일생을 만듭니다.

어떻게 살아왔을까, 후회와 회한의 감정이 가슴 안쪽 파고들면 노을로 선 자신의 모습이 편안하게만 느껴지지 않습니다. 간혹 왜 그랬을까, 그때 꼭 그래야만 했을까, 그러지 않았다면 얼마나 좋을까, 자신을 질책합니다.

그러나 가진 것을 모두 비워도 좋은 시기라면, 감동과 감탄의 순간을 기억하는 만큼, 잘못한 것에 대해 용서를 구하는 마음으로 인생을 정리하고 싶습니다. 편안한 저녁해처럼, 겸허한 하늘 안쪽으로 스며들고 싶습니다.

화사한 제빛 거두며 때가 되어 떠나는 노을처럼, 시인으로 살았던 날이 남겨놓은 시 한 편을 읽습니다. 그 한 편의 시가 떠나는 길에 위로가 되기를 소망합니다. 이 세상에 왔다 간다는 흔적이라면 더할 나위 없을 것입니다.

네 번째 흔적

좋다는데

—

옹이처럼 까만 콩 흰쌀밥에서 자랐네
까맣게 물들어도 말 못 하는 쌀처럼
싫어도 싫다는 말을 차마 하지 못했네

몸에 좋은 보약인 양 맛있게 먹어도
입안에서 빙빙 돌며 넘지 못한 목구멍
비릿한 체취에 놀라 움찔하며 불러내고

시간을 건너오는 어제의 다리 앞에
뱉어낸 까만 흔적 알알이 살아나면
제 입을 활짝 열고서 콩밥을 먹고 있네

—

해독이 필요 없는 마음이 열어놓은 길

너를 위하여

'다 컸네' 똑 부러지는 듯 당찬 아이한테 어른들이 말합니다. 이제 다 컸다고, 철들었다고, 엄마 손 가지 않겠다고. 똑 부러지게 똑똑한 그 아이는 한겨울에도 반 팔 옷 입고 밖으로 나옵니다. 철들었다고 했으나 철을 모르기에 겉옷 입을 생각도 하지 못하는 어린아이인 까닭입니다. 철든다는 말은 계절을 구별할 수 있는 인지능력이 갖춰졌다는 단순한 뜻인데, 단순한 그 뜻을 몰라서 철모르는 어린애보다 더 철없는 어른도 참 많습니다.

떡볶이, 냉면, 라면 같은 음식을 좋아하는 것을 보고, "어른이 되어도 애처럼 그런 것만 먹을 거야?" 묻습니다. 어른다운 음식과 아이가 좋아하는 음식 사이에 성장판이 숨겨져 있나 봅니다. 그 성장판이 열리면 어른으로 가는 길에 접어들 수 있는지, 음식으로 구분합니다. 어른으로 가는 길은 몸에 좋은 음식을 챙겨 먹는 것부터 시작하나 봅니다. 몸이 원한다며 콩까지 듬뿍 넣어 밥을 짓고, 건강식 반찬을 만듭니다. 한 끼 식사의 중요성을 재료에서 찾고, 몸에 유익한 음식을 먹기 위해 대충 먹는 일도 하지 않습니다.

중심이 되어 살았던 날에서 벗어나 보호받으며 살아가야 한다면, 건강이 가장 큰 문제입니다. 오래 살고 싶어서가 아니라, 아프지 않고 건강해야 짐이 되지 않습니다. 그래서 조금 더 건강하기 위해 찾는 음식들은 짐이 되지 않겠다는 깊은 뜻이 담깁니다. 죽을 때가 되어서 철들기보다, 조금이라도 덜 아플 때 건강을 지켜서 부담을 주지 않겠다는 생각이 철들기 시작한 첫 번째 증거인가 보다 싶다가도, 정말 죽을 때 철든다는데, 너무 일찍 철든 것은 아닐까 싶습니다. 이제 겨우 예순 지났는데.

네 번째 흔적

생명을 붙잡은 가슴, 침묵은 공들인 언어

못다 한 말 한마디

흠흠이 맺어도
흘러 젖었던 입멀이 꼬
캄캄한 머릿의 빛꽃
이제는 멀며 나날 깊은비
햇쌀의 미래 깊은비
가서 있대 싸랑으로
한번의 눈물로와
온한번의 후회가
발톱산은 일생의
멀밭은 아니라며
발면히 밭을수 없는
위게 밭의 길을 이있네

金保貞 詩글
鄭太秦 刻

그것으로 충분한

—

지날 때마다 무너지고 멀어지고 아득해도

주저앉고 일어서며 포기하지 않았던 날

환하게 등불 밝히는 또 다른 바람의 날

간절한 마음의 소리 듣지 못해 사라져도

꿈이 만든 시간이 소박하게 채운 자리

새겨서 남겨진 흔적 들춰보지 않겠네

—

아름다운 날이었네

아이가 항상 코 막힌 소리로 '엄마'를 불러도, 그것이 반지하, 습한 방 때문이라고 생각지 못했습니다. 행여 축농증이 될까 완치되었으니 그만 오라고 할 때까지 이비인후과 치료를 마쳤으나, 일주일쯤 지나면 다시 원상 복구가 됩니다. 이러다가 정말 어른이 되어서도 축농증으로 고생하면 어떡하나 걱정했는데, 옥탑방 이사 후 간단하게 해결됩니다. 습한 기운이 사라지자 아이의 코는 거짓말처럼 맑아졌고, 투명한 목소리로 '엄마'를 부릅니다. 그때부터 햇볕이 중요하다며 이사할 때면 언제나 옥탑방을 찾았습니다. 햇볕의 가치를 가장 중요하게 생각했습니다.

방 안 가득 채워진 햇살에 눈이 부시고, 아이 얼굴도 빛납니다. 햇살이 앉아있는 방바닥에 누워있기만 해도 좋았습니다. 흘러가는 구름이 눈 감아도 보입니다. 한 번만 봐달라는 듯 빗물이 톡톡톡 창문을 두드립니다. 오래전 들었던 음악을 틀었고, 클래식 기타 선율에 빠져 향기로 마시는 커피 한 잔도 좋았습니다. 햇살 덕분에 멋과 맛, 건강과 웃음을 찾을 수 있어서 참 좋았습니다

돈을 많이 벌어서 잘 살겠다고 다짐을 하지 않았습니다. 나는 성공할 거야, 막연한 꿈으로 허송세월도 만들지 않았습니다. 햇살 가득한 방에서 맑은 목소리로 투명하게 부르는 '엄마'가 되어 사는 그 순간이 좋았고, 바쁜 일상이 축적할 부의 기회를 욕심내지 않고 살았던 날 덕분에 '착한 아들'이 곁에 있습니다. 햇살보다 환하게 웃는 아이의 '좋은 엄마'가 되었습니다. 그것으로 세상에 태어나 살았던 모든 고통이 편안해졌으며, 그것으로 살아온 날의 모든 흔적이 아름다워졌기에, 들춰보며 아쉬워하는 일은 하지 않습니다.

당신이 잠든 사이에

—

잠에 끌려 들어가 숨어버린 밤의 안쪽
의식 없는 몸짓과 달콤한 표정만으로
오늘을 건너서 가는 당신이 잠든 사이에

어둠을 휘젓고 다닌 바람이 전하는 말
지치고 힘들어도 해는 늘 떠올랐다고
건너온 달의 사막에 별은 더 빛났다고

다시 벌어질 상처는 걱정하지 말라며
닫혀서 아득한 귀 소리마저 잠들면
잠으로 잃어버린 밤, 꿈으로 살아났다고

—

잠들면 모릅니다

무더위가 기승을 부리는 한여름 밤, 땀 흘리며 잠든 아이의 온몸을 찬물수 건으로 구석구석 닦아줍니다. 깊은 잠에 빠졌는지 아이는 흐뭇한 표정으로 편 안하게 잡니다. 아침에 일어난 아이에게 생색내듯 말합니다. "어젯밤에 너 시 원해서 잘 잤지?" 아이는 무슨 소리냐는 듯 말없이 처다봅니다. "너 잠들었을 때 물수건으로 닦아주니까, 시원한지 잘 자더라", "그래?" 시큰둥한 아이의 대 답은 그날 저녁 상상치 못한 목소리로 엄마를 부릅니다. "계정 씨~ 잠들었을 때 물수건 해주면 시원한 줄 모르니까, 깨어있을 때 해주세요~~~"

잠들면 모릅니다. 어떤 일이 일어나는지. 고단한 어둠 속에서 치열하게 일 하는 사람들의 노동을, 건강과 다이어트를 위해 열심히 새벽길 달리는 사람들 의 힘찬 발걸음을, 준비되지 못한 불안한 노후 때문에 첫차를 타기 위해 두 눈 비비고 일어나 무거운 발걸음을 재촉하는 고단한 간절함을.

밤의 매력에 빠져서 잠을 잘 수 없었던 여고 시절, 모두 잠든 고요한 밤은 선물 같은 시간이었습니다. 음악을 듣고 책을 읽고, 시를 쓰면서 온전히 그 밤 을 차지했습니다. 그렇게 책을 읽고 시를 썼던 시간 덕분에, 모두 잠든 그 시간 에 깨어있었던 날 덕분에 지금 시인이 되었습니다.

활기찬 내일을 살기 위해 당신이 잠이 든 그 시간에도 깨어있는 사람이 있 습니다. 어떤 시간을 보냈느냐에 따라 그는 시인도 되고, 예술가도 되며, 의사 도 되고 과학자도 될 것입니다. 어딘가에서 무엇인가 사부작거리며 만들어지 고 있다는 것을, 잠든 사람은 절대 알 수 없는 일입니다. 그렇게 모두 잠든 그 시간이 매우 유익한 시간이었다고, 그 덕분에 꿈을 이룰 수 있었다고.

다섯 번째 흔적

고귀한 재료

—

흙에 묻은 불순물 깨끗하게 제거했어요
하나뿐인 순수물질 선택받은 그 순간
두 손의 위대한 고뇌 불어넣은 숨의 결

훌륭한 재료 있어 기적이 보장된다면
선택된 순간부터 작업 과정 순결하다면
생명을 붙잡은 가슴 침묵은 공들인 언어

어머니 세 글자에 우주를 담아 놓고
만든 작품 완벽하다, 찬사도 부족하다
뼛속에 각인된 이름 여기 풀어 놓았다

순수한 아이처럼 따사로운 봄볕처럼
꿈꾸어라, 기다려라, 사랑하며 살아가라
바르게 걸어가는 길 한눈팔지 말아라

좋은 재료 맑은 기운 버무려 준 깊은 뜻
어머니의 어머니도 어머니가 되어서도
고귀한 재료였다는 신의 말씀 듣고 싶었다

—

오직 '나'만 바라보는 순결한 눈빛을 기억합니다. 그 어떤 모습에도 오직 '나'만을 최고로 알아주는 믿음은 세상에 존재하는 가장 큰 사랑입니다. 따라오던 작은 발걸음이 한발 성큼 앞지르며 당당하게 제 길 갑니다. 그 모습에 가슴 뜨거워지는 감동이 안도의 숨으로 이어집니다. 부모와 자식이 만든 가족이라는 품 안의 울타리에서, 공유할 수 있는 가장 순수한 유대감이 형성되어 세상 밖으로 나갑니다. 자신 있게 살아가도록, 홀로 설 수 있습니다.

신이 만든 가장 위대한 작품이 '엄마'인 것은 하나의 생명을 사람으로 만드는 임무를 맡긴 까닭입니다. 그래서 사람답게 사람으로 살아갈 수 있도록 길잡이가 되는 일을 조건 없이 수행할 수 있는 유일한 존재는 엄마입니다.

날카로운 이성과 판단력, 엄청난 고뇌를 바탕으로 재료를 준비하지만, 필수 재료는 사랑이며 봉사와 헌신, 희생을 두려워하지 않을 순수한 물질이 추가됩니다. 신이 만든 '엄마'는 비로소 한 생명 앞에 마주 서지만, 완벽하지 못한 까닭에 상처 주는 일도 합니다. 여물지 못한 심성에 실수도 하면서 한 생명을 사람으로 키우는 과정을 통해 비로소 엄마도 '사람'이 되어갑니다. 그 과정을 통해 제 실수를 인정하고 고쳐나가면서 살기 좋은 세상을 같이 만듭니다.

사랑이 바탕이 된 봉사, 헌신이라는 특수 임무는 한 생명을 어떤 사람으로 키웠는지에 따라 완성도가 달라집니다. 어떤 꿈을 꾸며 어떻게 살았는지, 반성하고 후회하면서 좀 더 나은 삶을 위해 노력했는지, 사람다운 사람으로 바르게 살았는지 그것이 가장 중요합니다. 그래야만 고귀한 재료였다고 인정받습니다. 비로소 진짜 '엄마'가 되는 것입니다.

엄마, 하고 부르면

—

쉽게 불렀던 이름, 잊고 있던 그 이름을

가끔은 소리 내어 엄마하고 부르고 싶다

가만히 올려다본 하늘, 어디쯤인가 쳐다보며

비어서 눈물 나는 자리 그 자리에 앉아서

부르면 솟아오르는 그 눈물 참아가며

살갑게 잡지 못했던 손 한번 잡고 싶다

—

당연한 줄 알았는데

'엄마야', 깜짝 놀라 튀어 오를 때 첫 비명은 언제나 '엄마'입니다. 유일한 내 편은 위기의 순간에 가장 먼저 의식하지 못한 기억 속에서 살아납니다. '엄마'하고 부르지 못한 세월이 점점 길어질수록 엄마란 아무리 많은 세월이 흘러도 잊히는 존재가 아니라 그리움의 대상이 됩니다. 힘들거나 놀라거나 불안해서가 아닌, 사랑만 담은 '엄마'가 세월이 흐를수록 마음 안에 깊어지는 그리움으로 살고 계십니다. 그 엄마가 자꾸 부르고 싶어집니다.

시간은 넘치도록 많다는 착각에 여행 한 번 가지 않았습니다. 향긋한 차 한 잔 마주 앉아 마신 적 없으며 꽃피는 봄날이라며 흔한 꽃구경도 하지 못했습니다. 엄마는 언제나 움직일 수 없는 엄마의 자리에 계셨고, 자식은 제 자리에서 항상 자유로웠습니다. 예상치 못한 이별이 불쑥 찾아오기 전까지.

차가운 엄마 손을 꼭 잡고 온기를 나누지 못했습니다. 좋아질 거야, 철없는 바람으로 무심한 시간을 보냈습니다. 툭툭 털고 일어날 것을 믿으며, 금방 다 나을 거야, 괜찮을 거야 부질없는 소망만 되뇌었습니다.

나이가 들면서 마음 아파지고, 생각만으로도 슬픕니다. 두 눈이 기억하는 아쉬운 장면 때문에 후회로 가슴이 무너집니다. 조금 더 살갑지 못했던 무심 때문에, 너무 빨리 슬픔에서 벗어나 웃으며 살아갈 수 있었던 것에 대해, 어리다고 스스로 면죄부를 주며 엄마의 죽음을 당연하게 받아들였던 것에 대해, 따스하게 손 한 번 잡아드리지 못한 것은 용서조차 빌지 못합니다.

허공을 향해 가끔 한 번씩 '엄마'를 부릅니다. 부르고 싶어서 부르는 순간 맺히는 눈물, 모든 날에 존재했던 '엄마'는 괜찮다며, 항상 웃고 계십니다.

다섯 번째 흔적

밤새 별고 없는지요

—

홀로 남기까지 예측하지 못한 오늘은

밤새 별고 없는지요, 식사는 하셨나요

저럼한 한마디 말로 효도하는 이 세상

홀로 남은 집에서 혼자 눈 뜨는 아침에

의무인 양 울리는 벨 그것도 고마워서

제 이름 부르며 우는 새처럼 울고 싶었네
—

—

남의 일 아니라고

—

고독사라고 했습니다. 형체조차 알아볼 수 없어서 사망 추정 날짜를 어림잡습니다. 비워야 하는 방을 정리하고 청소하는 일이 직업인 사람도 생겼습니다. 죽음 앞에서 홀로 느낀 마지막 공포를 전혀 상상할 수 없지만 그런 현실이 남 일이 아닌, 우리의 일이 되었습니다. "설마, 내가 저렇게 되겠어, 내 자식은 달라" 다르지 않습니다. 자신만 모릅니다.

자식이 보험인 시대가 있었습니다. 자식을 위해 헌신하며 살았던 부모님은 잘된 자식이 보장할 노후를 믿습니다. 당신이 그랬던 것처럼 의심하지 않습니다. 내 자식은 다르다며 효가 무엇인지 모르는 남의 자식 허물만 봅니다. 그것이 곧 내 허물이 될 것이라고 자신만 아직 그것을 모릅니다.

새벽에 응급실로 실려 갔지만, 부담 주기 싫다며 보호자인 자식들에게 연락하지 않습니다. 침상에 마른 낙엽처럼 웅크리고 누워있는 사람의 등줄기가 부서질 듯 바삭합니다. 그때 문득 생각난 단어가 '고독사'입니다. 뉴스에서 보았던 빈방을 정리하는 장면이 떠오릅니다. 너만 잘살면 된다는 부모의 지나친 배려가 만든 가장 비극적인 양심입니다. 너만 잘살아서는 안 될 일입니다. 제 부모님께 하지 못했던 효도를 제 자식에게 바라지 못한 양심적인 불효입니다.

병상에 누운 노인이 자식이 아닌, 제 엄마를 부르며 웁니다. 바쁘고 멀다면서 전화 한 통으로 제 의무 다한 양 안도의 숨 내쉬는 그 자식도, 언젠가 제 엄마를 부르며 속울음 삼킬 것입니다. 그런 날이 오지 않도록 지금 바로 병원으로 달려와야 하는데 어렵게 연락이 닿은 자식은 한나절이 지나도, 오지 않았습니다.

고작 한 끗 차이라고

——

고작 한 끗 차이라는 울고 웃는 사연이

눈물과 웃음의 간격 메울 수 있을까

아침의 웃음소리가 예감 못 한 저녁 눈물을

한 치 앞 볼 수 없다며 눈물로 해명해도

밝게 웃던 웃음소리 귓가에 맴돌 때면

소리 내 울음 울어도 미안해 더 커진 통곡

——

웃음과 눈물의 간격

　큰소리로 노래 부르며 청소하는 손녀딸에게 할머니 한 말씀 하십니다. "아침 노랫소리는 저녁 울음소리만 못한데 너는 아침마다 뭐가 좋아서 그렇게 노래 부르냐"고. 손녀딸도 한마디 합니다, "노래하면 능률도 오르고 즐겁게 청소할 수 있어서 좋다고, 할머니는 그것도 모르시냐"고. 그 뜻을 헤아리지 못했습니다. 왜 아침에 부르는 노래가 저녁 울음보다 더 가슴 아플 수 있는지.

　한 치 앞 예상할 수 없는 것이 사람입니다. 분명 같이 웃고 헤어졌는데 사고로 인한 부고가 날아오고, 까르르 웃었던 아침 햇살이 먹구름으로 비를 쏟아낼 줄은. 아마도 그래서 아침부터 수선떨지 말라는 뜻이었나 봅니다. 하루의 마디 어딘가에서 터질, 평지풍파를 조심하라는 말인가 봅니다.

　부모님 상을 당한 자식이 눈물 흘리며 우는 일은 당연하지만, 유독 더 많이 울었던 까닭은 아침 웃음 때문입니다. 전혀 예상치 못했다고 변명하지만, 노령의 편찮으신 아버지를 조금이라도 헤아렸다면 그렇게 환하게 웃을 수 없습니다. 아버지는 아버지 일이고, 자식은 자식의 일이라며 함박꽃처럼 웃으면서 몰랐다는 말은 정당한 이유가 되지 못합니다. 웃음과 눈물의 간격은 그렇게 짧습니다. 수선스러운 아침이 후회하는 저녁을 만든다는 것을 깨닫는 데 걸린 시간은 오래 걸리지 않았고, 대가는 사는 내내 불효로 인한 죄책감입니다.

　제 실수와 잘못을 언제까지나 이해받고, 용서받을 수 없습니다. 부모라는 사람으로 살기 위해서는 현명하게 처신할 수 있어야 합니다. 보고 듣고 따라하는 자식이 있다면 함부로 울고 웃을 일 아닙니다. 어른답게, 부모답게, 사람답게 살아야 온전한 웃음, 바람직한 눈물의 간격이 될 것입니다.

149　　　　　　　　　　　　　　　　　　　　　　　　　　

다섯 번째 흔적

빈자리

—

어머니의 어머니도 아버지의 아버지도
연약한 한 마리 새, 둥지의 새끼였다
부모가 되기 전까지 그 마음을 모르는

평생을 받은 것이 어디 먹이뿐 일까
내가 나다워지도록 물려받은 피와 살
저 혼자 잘난 줄 알아 고마움도 몰랐다

주고 또 주어도 줄 것 없어 가슴 아플 때
비로소 보이는 어머니와 아버지의 눈물
비워진 자리 뒤에서 내 자리가 부끄럽다

—

2,300년 전, 마케도니아의 알렉산더 대왕이 말합니다. '어머니의 눈물은 자식의 불평을 씻어내린다'고. 몇천 년이 지나도 부모, 자식 간의 일은 비슷한가 봅니다. 모든 것을 다 주고도 더 주고 싶은 부모님 마음을 모르는 자식들. 자식일 때와 엄마가 되었을 때 알렉산더 대왕의 명언은 그 의미를 달리합니다. 엄마가 되어 흘렸던 눈물이 나로 인해 흘렸던 어머니의 눈물을 어렴풋이 이해한 까닭이기도 합니다.

'탁월한 재능'과 '뛰어난 유전자' 등 값으로 따질 수 없는 보이지 않는 유산의 위대한 가치를 몰랐습니다. 물려받을 물질적 유산만이 최고의 유산이라 생각하여 고기 잡는 법을 알려주는 부모님은 서운하고, 고기를 잡아준 부모님은 훌륭한 부모님이라며 부러워해서는 안 될 일입니다. 내가 잘났다고, 내 능력이 뛰어난 것이라고, 지금의 나는 순전히 내 노력 덕분이라며 '나'를 키워주신 부모님의 공을 초라하게 평가 절하하며 부자 부모를 부러워한 적이 있습니다. 사리 분별이 어려운 어린 나이라면 용서받을 수 있을까요?

밝은 에너지, 긍정적인 마음과 건강한 정신, 최선을 다할 수 있는 열정과 일을 처리해내는 탁월한 능력, 의심하지 않고, 바라지 않고, 거짓으로 사람을 대하지 않는 순수함 등은 분명 혼자 잘나서 만들어진 것이 아닙니다. 값으로 매길 수 없는 그 유산의 위대함은 제 자식을 통해 깨닫습니다.

알렉산더 대왕의 명언처럼 내 눈에서 흐르는 눈물로 내 어머니의 눈물을 이해합니다. 자식으로서 했던 가슴 찌르던 말에 대해 용서를 구할 수 없겠지만, 그래도 꼭 한번 말하고 싶습니다. 내가 잘났던 것이 아니라, 훌륭한 인품과 성정, 유전자로 지금의 내가 만들어졌다고, 그것을 이제야 깨달아 죄송하다고.

묵념

—

감은 눈이 열어놓은
산 자와
죽은 자의 경계

허공에 건넨 인사
하늘까지 닿는다면

살았던
그들의 날이
잠시 깨어날 시간

—

일 년에 한 번

가족으로 산다는 것은, 공유할 추억을 함께 만든다는 것입니다. 모든 시간에 스민 풍경 같은 정경이 사랑이라는 울타리에서 만들어집니다. 태어난 순간부터 자라나는 모든 날이 시간의 마디마다 각인되어 언제 어떻게, 무슨 일로 행복했고, 어떤 걱정으로 마음조였는지 하나도 잊지 않고 새겨집니다. 가족이란 한 시대를 함께 만들고 이루면서 하나로 뭉쳐지는 존재입니다.

가족을 갈라놓는 죽음은 나이 순서도, 살 만큼 살고 난 후 찾아오는 것도 아닌, 예고 없이, 느닷없이, 갑자기 닥칩니다. 준비할 시간도 없습니다. 망각이란 선물로 조금씩 지워도 잊지 못하는 기억을 그저 가슴 속에 품고 살다가 일 년에 한 번 불현듯 꺼내놓고 지난날을 이야기합니다. 그때 무슨 일 있었는지, 왜 혼났고 왜 울었는지, 왜 싸웠고 왜 웃었는지, 자신이 갖고 있던 추억 하나씩 꺼내놓고 그때는 그랬어, 공감합니다. 사건의 공범이기도 하고, 방관자이기도 했던 이야기를 추억이란 이름으로 마음껏 꺼냅니다. 그러나 너무 빠른 이별이었다며 10년만 더, 아니 5년만 더 함께 할 수 있었다면 얼마나 좋을까, 아쉬움으로 마무리합니다.

하늘 어딘가에 지었을 예쁜 집을 상상합니다. 모두 모인 자리를 내려다보실, 미소를 떠올립니다. 분명히 '잘살고 있구나' 좋아하실 것입니다. '모두 모이니 참 좋구나' 목소리가 들리는 듯합니다. 그렇게 일 년에 한 번 살아 있는 가족이 하늘 문 열면 산 자와 죽은 자의 경계가 무너지면서 선명한 기억이 살아납니다. 아쉬움에 눈물지어도 그 시간으로 인해 무너진 가족의 울타리가 단단하게 다시 세워집니다.

눈물이 바삭거렸다

—

울면서 볼 수 있는 영화를 봐야겠어
펑 펑 눈물 터지는 이야기를 소환해서
입으로 울음 부르는 매미가 되어도 좋을

말로는 할 수 없어 속울음 삼킨 만큼
변명으로 전락한 초라해진 해명만큼
 운다고 눈치 줄까 봐 괜찮다며 돌아선 만큼

너무 슬픈 영화라며 왈칵 쏟아낸 눈물
이상한 듯 쳐다봐도 울 이유 분명해서
비워서 마를 때까지 말라서 바삭할 때까지

—

생명을 붙잡은 가슴, 침묵은 공들인 언어   154

핑계라도 좋아

한바탕 울어야 속이 후련해질 것 같은데, 턱밑까지 울음이 고여서 울어야만 하는데 터져 나오지 않습니다. 어떻게 울까, 궁리합니다. 술 한 잔 마실까, 주사처럼 보일 거야, 그냥 참을까, 내 설움을 감당하기 어려워 다시 방법을 찾습니다. 영화를 봐야겠어, 그것도 아주 슬픈 영화로, 눈물 콧물 다 짜내도 이상하지 않을 그런 영화.

인터넷 검색을 합니다. 슬픈 영화라고 찾았는데 생각보다 슬프지 않아서 조금 훌쩍거리니 오히려 더 답답합니다. 어떤 영화를 보면 슬플까, 통곡하듯 울어도 좋을 영화를 찾다가, 고 이태석 신부님의 '울지마, 톤즈'를 봅니다. 눈물이 그냥 쏟아집니다. 끝도 나지 않을 듯 울고 또 웁니다. 울어도 이상하지 않을 슬픈 영화니까. 감정이 풍부한 엄마라며 "우리 엄마 또 우네" 그 한마디 남기며 아들은 웃습니다.

턱밑까지 고인 울음에는 분명 이유가 있었습니다. 고단한 삶이라며 쌓인 불만과 한탄과 상심으로 얼룩졌던 마음을 울음으로 풀어볼 심사였는데, 울다 보니 생각은 멈춰지고 흐르는 눈물에 씻겨나갈 상심보다, 울겠다고 찾아낸 이야기에 가슴이 무너집니다. 내 불만이 부끄러워지고, 내 상심이 가볍게 느껴집니다. 울고 싶다고 찾아낸 영화가 우는 내내 슬픔을 삼키고 부끄러움을 만듭니다. 사람의 가치를 어떻게 하면 품격있게 만드는 것인지 보여준 '고 이태석 신부님' 덕분에 최대한 열심히 살아야겠다고, 쓸데없는 울음은 만들지 말자고, 그것이 삶에 대한 나의 의무라는 것을 깨닫습니다. 쏟아놓은 울음의 파편들이 어둠에서 빛으로 나와 새로운 길이 되었습니다.

밥 한번 먹자

—

언제 우리 밥 한번 먹자 지나가는 그 말을

바람의 인사처럼 흘려듣는 사람과

공손한 거절 대신에 날짜 먼저 잡는 사람

가보지 못한 길을 함께 가는 일이라며

식구가 될 좋은 인연 고운 날 만들자며

마음을 대신하는 말, 우리 오늘 밥 한번 먹자

—

먹기는 먹었는데

까칠한 성격의 사람이라며 잘 지내는 것이 신기하다고 누군가 말합니다. 까칠하지 않다는 나를 보며, 네가 사람을 잘못 보는구나, 합니다. 까칠한 사람이 까칠한 이유는 밥 한번 먹자는 말 한마디 때문입니다. 누군가는 지나가는 말이지만, 까칠하다는 그 사람은 지나가는 말로 밥을 먹지 않습니다. 밥 한번 먹어요, 했을 때 바로 '언제?' 지금 당장 날짜를 잡으라고 합니다. 그냥 지나가는 인사였을 뿐인 사람에게 날짜 잡으라는 사람의 분명함이 까칠함이 된 것입니다. 밥 먹자고해서 밥 먹을 날짜를 잡았는데 말입니다. 까칠해도 분명한 사람이 나는 좋습니다.

준 것도 없는데 많이 받은 듯 마음 부풀어지는 사람이 있습니다. 말하지 않아도 많이 알고 있는 듯 이해되며 같은 공간, 같은 자리에서 함께 공유할 수 있는 이야기로 남이라는 벽이 허물어지고, 밥을 같이 먹는 식구처럼 편안한 사람입니다. 한 시대를 함께 살아갈 인연은 그렇게 밥 먹는 것부터 시작합니다.

밥은 먹었는데, 마음 가지 않는 사람도 있습니다. 아무리 맛있는 음식도 불편해서 속이 거북하며 나누는 이야기도 남의 일인 양 귀에 들어오지 않고 빨리 벗어나고 싶어집니다. 밥 한번 먹자고 해서 먹은 밥이 때로는 먹지 말 걸, 후회합니다. 자세히 알 필요 없이 그저 아는 사람 정도의 관계, 보이는 모습은 멋지고 괜찮고 좋은 사람이지만, 알수록 부담스러워서 멀리하는 것이 좋은 그런 사람입니다. 밥을 먹는다고 모두 식구가 되는 것은 아니며, 밥을 같이 먹었다고 좋은 인연으로 연결되지 않습니다. 오히려 밥 먹은 후 불편해지는 관계라면, 함부로 밥을 먹기보다, 거절하는 것도 지혜입니다.

사랑 또, 사랑

—

두 개의 마음을 풀어 하나로 짠 사랑이

헐거웠던 인연의 끈 촘촘히 엮어놓았네

바빠진 손끝이 만든 야무진 매듭이었네

한 번의 눈물과 또 한 번의 후회가

아름다운 인생의 결말은 아니라며

컴컴한 어둠의 안쪽 햇살이 스며들었네

—

사랑이 무엇이냐고 물으신다면

　사랑은 눈물의 씨앗이고 사랑은 바보들의 이야기라고 노래합니다. 그러나 사전에서 사랑은 어떤 사람이나 존재를 몹시 아끼고 귀중히 여기며, 남을 이해하고 돕는 마음, 또는 일이라고 명시되어 있습니다. 그래서 사랑은 눈물의 씨앗이거나 바보들의 이야기지만, 몹시 아끼고 귀중히 여기는 마음이기에 상처가 되어도, 아픔을 간직한 채 다시는 사랑하지 않겠다고 다짐했어도, 사랑에 빠질 수 있는 사람에게 주어진 가장 아름다운 선물입니다.

　사랑의 기쁨과 슬픔을 알기에 사랑이 사람에게 가장 필요한 감정이라는 것도 압니다. 아무리 주어도 지치지 않으며, 많이 주어서 기쁜 것이 사랑입니다. 모든 사람이 다가오는 것이 아니라, 세상 사람 중 오직 한 사람만이 다가올 수 있습니다. 그로 인해 고단한 삶이 행복할 수 있고 어려운 일을 극복해낼 용기가 생깁니다. 달콤한 말로 현혹하여, 목적이 아닌 수단으로 사랑을 이용한다면, 믿은 만큼 분노하며 참담한 결과 앞에 무너지지만, 진실한 사랑의 기쁨을 안다면 다시 사랑할 수 있습니다.

　사랑으로 행해진 일이 언제나 선악을 초월한다고 니체가 말했지만, 선과 악의 경계에서 선을 위해 앞으로 나갈 수 있을 때 사랑은 그 책임의 무게를 감당할 수 있습니다. 그러나 잘못된 사랑으로 진실을 외면한 대가는 가장 저질인 사람으로 인해 인간관계에서 제일 소중한 '양심'에 문제가 생깁니다. 보는 눈이 고작 그것밖에 안 된 까닭에 세상에 존재하는 아름다운 사랑을 믿지 못합니다. 불신으로 얼룩진 가슴으로 세상을 살아가는 것, 그것이 진실하지 못한 사람에게 진심을 쏟아부은 대가로 받은 '벌'입니다.

손가락 그물

—

햇살 눈부시다며 가려진 손가락 사이

눈을 뜰 수 없다며 스미는 틈과 틈 사이

뜨거운 빛의 질감은 너의 손 잡은 것 같아

자꾸만 돌아보던 사람의 그림자가

새처럼 날아가면 더는 돌아보지 않아

손가락 그물 만들어 제 얼굴을 가렸네

—

눈이 부신 날에는

햇살이 너무 빛나서 손으로 두 눈 꼭 가리면 손가락 사이로 들어오는 한 줄기 빛, 가려진 두 눈 가득히 따스함이 느껴집니다. 화창한 햇볕이 까르르 웃는 아이의 투명한 소리로 얼굴에 스며듭니다. 손을 치우고 햇살 아래 얼굴을 드러내면 손은 이미 보송보송 빛을 잡은 듯 온기만 남습니다.

너무 사랑한다고 믿는 까닭에, 투정 부리듯 얼마나 사랑하는지 묻습니다. 말이 중요한 것은 아니지만, 묻고 답하는 순간도 뜸 들이는 밥처럼 알고 보면 사랑이 익어가는 과정입니다. 물으면 답하고 어색한 듯 마주 보고 웃을 수 있는 정경이 한 장의 맑은 수채화처럼 기억 속에 남겨집니다.

그 사랑을 믿지 못하고 시험에 들게 합니다. 뭔가 의심의 여지가 있겠지만, 무심 때문에 생긴 모든 상황도 위험한 장애가 됩니다. 잡을 것을 믿으며 불쑥, 폭탄을 던집니다. "그럼 우리 헤어져" 변하지 않은 사람에게 변심을 이유로 한 이별 통보는 불신으로 이미 신뢰할 수 없는 관계가 되었음을 의미하지만, 마지막 보루처럼 잡아주길 바라는 마음이 만든 진심입니다. 사랑을 확인하려는 것이 아니라 이별의 길로 들어서기 전 말을 통해 마음을 잡고 싶어서 진담처럼 농담을 말했는데 농담 같은 진담이 되어버립니다.

눈이 부신 날입니다. 부시다 못해 시려서 눈 감은 채 두 손으로 가립니다. 손에 잡힌 햇살이 언젠가 손가락 그물 만들어 꼭 잡았던 손처럼 따스합니다. 그 손 다시 잡고 싶어 허공을 향해 손을 뻗습니다. 눈물겹도록 그리워서 한 번쯤 만나고 싶지만, 진담 같은 농담을 진담으로 받아들인 인연이라면, 다시 만날 필요는 없습니다.

명함

—

사람과 사람을 잇는 가장 쉬운 연결 고리

제 숨결을 고르고 어둠마저 걷어내면

소통이 화창해지는 한 장의 간편한 인사

기록된 이름 옆에 기록 못 한 마음이

단정한 글자 속에 반듯하게 잡은 자리

숨어서 엿보고 있는 사람이 들어있었네

—

쉽게 받았지만

처음 만나는 사람에게 명함 한 장 건넵니다. 주고받은 명함에는 선명하게 이름이 찍혀있고, 연락처와 주소, 이메일 등이 적혀있습니다. 사진이 들어간 명함도 있지만, 대부분 명함은 이름과 연락처, 주소뿐입니다. 반갑게 받은 그 명함 한 장을, 예쁘게 만들어졌다고 감탄하며 지갑에 넣은 그 명함을 시간이 지난 후 한 번씩 정리합니다. 계속 갖고 있을 이름과 버려도 좋을 이름을.

그 사람이 누구인지, 어떤 사람인지, 무엇을 좋아하고, 무엇을 잘하는 사람인지 알 수 없습니다. 명함의 임무는 그저 이름 석 자에 연락처를 알려주는 것입니다. 일상이 된 핸드폰에 연락처마저 저장하면 명함의 기여도는 그것으로 끝나지만, 그래도 우린 명함을 주고받습니다.

한 번씩 정리되는 명함처럼 내 이름도 누군가의 책상 서랍에 잊힌 채 버려질 수 있다는 것을 압니다. 쉽게 받았고, 가볍게 나눴던 명함에 새겨진 이름을 어떤 사람인지 알 수 없지만 간직할 필요가 없다며 버려지는 그런 명함이라면, 그 사람과의 관계는 오랜 시간을 함께하지 못할 사람이라는 의미가 되겠지요.

많은 사람 대부분 핸드폰으로 연락을 주고받는 시대에 한 장의 명함에 큰 의미 담을 필요 없지만, 그래도 선명하게 새겨진 이름 석 자가 쉽게 버려지는 일이 없었으면 좋겠습니다. 받아서 반가웠던 만큼 소중하게 간직할 수 있는 사람들의 인연이, 함께 사는 이 세상에 작은 명함부터 시작했다는 것을 잊지 않았으면 좋겠습니다.

다섯 번째 흔적

나이테 무거운 한 줄, 그 값은 하고 싶었네

제 몸의 소리에 갇힌 울음 모두 꺼내면

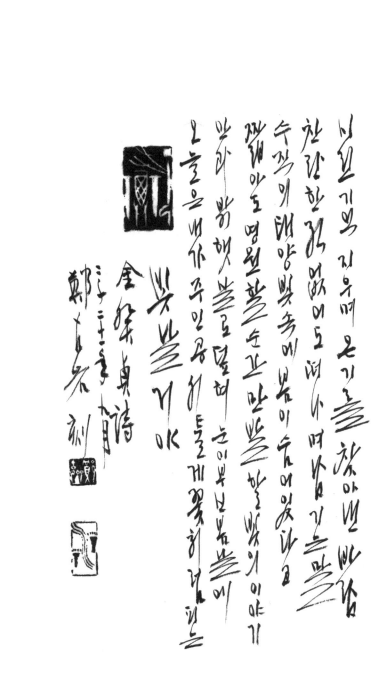

金榮貞詩
鄭周相刻

그 눈물이 꽃이었네

—

점 하나에 모였다는 눈물의 맑은 중심이
제 몸의 소리에 갇힌 울음 모두 꺼냈네
툭하면 물에 잠기던 눈 밑의 작은 섬에서

말끔히 비워도 좋을 눈물만 끌어낸다면
울음을 품고 있던 섬의 빠른 함몰은
슬픔에 마침표 찍는 기쁨의 몸짓이라고

이미 지워진 슬픔 복원하지 않겠다며
점의 등줄기 타고 바삭 마른 눈물의 섬
이제는 웃어도 좋을 꽃이 만발하겠네

—

눈 밑에 점이 하나 있습니다. 사람들은 그 점을 볼 때마다 눈물점이라며 빼는 것이 좋겠다고 말합니다. 점을 빼면 눈물 흘릴 일이 없을까 싶다가도 점 하나가 원인이라면 그 점의 가치가 한 사람의 운명을 좌우할 정도라면, 점이 있는 이유도 있을 것이라며 그대로 놔두었습니다. 점 때문에 더 울었는지 그 것은 잘 모르겠으나, 울 일을 선택한 것은 나였기에 점을 원망할 까닭도 없었습니다.

문득 거울에 비친 까만 점이 하얀 얼굴에 티끌처럼 눈에 거슬립니다. 점하나 없어진다면 눈물도 마르고 세상 편안해진다는데, 어리석게 고집부린다는 생각에 그 점을 말끔하게 빼냈습니다. 며칠 불편했지만, 한 사람의 인생에서 눈물을 거둬내는 일이 쉬울 리 없다며 기다리는 시간조차 들뜨고 설레었습니다.

점 하나 없앴을 뿐인데 깔끔해진 얼굴은 예뻐진 듯 화사하게 보이니 그것 만으로도 잘한 일인 듯 즐겁습니다. 그 점이 뭐라고 애지중지 끌어안고 살았을까, 바보 같았습니다. 점이 사라진 얼굴에 웃음꽃이 피었습니다.

점 때문인지, 점 덕분인지 그것은 정말 모르겠습니다. 울 일과 울지 않아도 좋은 일을 구별하지 못한 탓인지 점 하나 없어진 얼굴에 활짝 피는 웃음꽃, 인생의 전환점이라며 새로 열린 문 앞에서 새로운 꿈이 자랐습니다. 놀라운 일이 생겼습니다.

점 덕분이 맞나봅니다. 점 하나 사라졌을 뿐인데 생기는 자신감이 한 발 앞으로 나갈 수 있는 용기가 되었고, 점 하나 없어진 얼굴에 그늘마저 사라집니다. 솔직히 점이 만든 눈물을 믿은 것은 아닌데, 눈물점 하나 지운 후에 달라진 인생을 살았습니다.

눈물 2

—

더는
길이 없다고
주저앉은 생각들이

아득해진 머리로
말문마저 막고서

비우고
우는 북처럼
채워 넣은 제 곡조

—

산 넘어 또 다른 산

얼음 위에 살짝 쌓인 눈을 밟고 미끄러졌는데 발목이 부러지면 설상가상이란 고사성어가 완벽하게 맞아떨어집니다. 눈만 보고 얼음은 볼 수 없었으니 사고가 이상할 리 없겠지만, 현명한 사람이라면 성큼 밟고 넘어지지 않았겠지요.

새벽길을 나섭니다. 밤새 눈이 내려 세상이 온통 하얀색입니다. 언덕에 내린 눈을 새벽달이 비추니 은빛으로 반짝반짝 빛납니다. 무심코 은빛 융단에 백설공주라도 된 양 우아하게 발을 디딥니다. 머리는 쿵, 여지없이 주르르 미끄러집니다. 누워서 바라본 새벽하늘에 별이 총총, 그림 같습니다. 보름달도 환하게 바라보며 상냥하게 웃습니다. 달과 마주한 채 같이 한 번 웃은 후에 툭툭 털고 일어납니다. 정류장에 도착하니 버스 문이 닫히며 첫차가 떠나버려 시린 바람 앞에서 20여 분을 기다리니 감고 나온 머리가 고드름처럼 꽁꽁 얼었습니다. 미끄러지지 않았다면, 달과 별을 보지 않고 바로 일어났다면, 굳이 넘어진 상태로 웃을 건 뭐람, 공범은 눈과 달과 별이야.

친구들과 영화 로미오와 줄리엣을 보는데, 훌쩍훌쩍 눈물 흘리는 친구들처럼 눈물 나지 않아서 턱밑까지 터질 듯 슬픔만 제 안에서 와글와글 시끄러운데, 함께 영화를 본 선배가 말합니다. "눈물도 없고 매정하다"고 그 말은 두고두고 마음에 남았습니다. 왜 눈물이 나지 않았을까, 감정이 메마른 사람일까, 분명히 슬퍼서 죽을 것처럼 마음 아팠는데. 모든 것을 쏟아놓기보다 제 안에서 울음 우는 사람이 있다는 것을 몰랐나 봅니다.

눈물이 눈물을 부르는 설상가상이 아니라, 비단 위에 더한 꽃처럼, 그 눈물로 나만이 쓸 수 있는 '나의 시'를 만들어낸 그 눈물이 금상첨화, 좋아도 참 좋았습니다.

한숨도 길이었다

—

바닷바람이 피운 풀잎 위 소금꽃처럼

그녀의 말끝에는 한숨이 따라왔다

깊어서 헤아릴 수 없는 눈물 슬쩍 비쳤다

목에 걸린 가시라도 뱉고 싶은 얼굴에

위로의 한마디 말 멈칫 숨을 죽였다

한숨이 길이 된다는 그 말 꿀꺽 삼켰다

—

한숨을 쉬어요

노래 '한숨'을 만든 유명 아이돌 가수가 제 숨을 거두었습니다. 숨을 크게 뱉으라는 간절한 가사가 자신을 향한 다짐의 말이었다는 것이 세상을 떠난 뒷모습에 새겨졌습니다. 그를 통해 한숨을 쉬어도 숨이 막힐 수 있다는 것을 알게 됩니다. 한숨으로도 이겨낼 수 없는 아픔을 봅니다.

답답하거나 힘들어서가 아니라 그냥 숨을 깊게 한 번 '후' 내쉬는 모습을 보며 '어린애가 청승맞게 무슨 한숨'이냐며 나무라시는 어른들의 말을 이해하지 못했습니다. 그냥 숨을 깊게 내쉰 것뿐인데, 한숨이랍니다.

누군가 한숨을 쉽니다. 말끝에 한숨이 붙어서 따라다닙니다. '웬 한숨?', 습관이랍니다. 그냥 숨이 그렇게 쉬어진답니다. 숨을 깊게 뱉어내면 속이 조금 편안하답니다. 그리고 묻는 듯 말합니다. "흉해요?" 어린 나를 보고 말씀하시던 어른들이 생각납니다. 그래서, 그랬구나, 이해됩니다. 답답한 무엇인가 분명 있을 것이니 한숨 속에 그 답답함이 날아갈 수 있을 것이라며, 그렇게라도 한 번 깊은숨 몰아쉬어도 괜찮다며, 한숨이 알고 보면 진짜 숨이라고 말해줍니다.

한숨을 쉰다는 것은 편안하지 않다는 것입니다. 깊게 숨을 몰아쉰다는 말로 아무리 정당화시켜도 편안한 사람 입에서는 한숨이 잘 나오지 않습니다. 그러나 한숨 쉬는 것을 보며, 청승맞다고 타박하기보다 한숨에 묻어나오는 아픔을 조금이라도 읽을 수 있으면 좋겠습니다. 그로 인해 마음이 조금 가벼워질 수 있다면, 편안해진 마음이 한숨을 웃음으로 바꿀 수 있다면 정말 좋겠습니다. 그 한숨 덕분에 사람을 알고, 사연을 알고, 함께 살아가는 새로운 인연이 되었습니다.

173 여섯 번째 흔적

무거운 그 한 줄 때문에

—

질긴 햇살에 칭칭
목이 감긴 나무가
제 몸 흔들어도 울어지지 않는 울음에
북처럼 가슴을 치며 비명마저 삼켰네

가질 수 있는 만큼 족하다는 자리가
까치발로 홀로 선 채 한 뼘씩만 오르면
허공의 거리를 재며 하늘까지 닿을까

시간의 안쪽에 새긴 지난날을 읽으며
다시 갈 길 앞에서 걸어온 길 돌아보며
무거운 나이테 한 줄 그 값은 하고 싶었네

—

너 몇 살이야?

어른스러운 아이를 보며 '너 몇 살이니' 나이보다 침착하고 똑똑한 아이에게 나이를 묻는 것은 칭찬일 때가 많습니다. 그런데 '몇 살이나 먹었는데' 나이 값 못하는 사람을 보면서 하는 말입니다. '살아온 세월이 얼마인데, 고작 하는 짓이' 어리석다는 것입니다. 나이에 맞게 처신하고 행동하는 일이 얼마나 어려운지 한마디 말에 고스란히 담겨있습니다.

나이보다 몸과 마음, 얼굴도 어리게 보이는 사람들을 부러워합니다. 제 나이보다 훨씬 어린 모습으로 젊게 사는 것 같지만 나이는 속일 수도, 숨길 수도 없습니다. 어딘가 몸 안 가득 나이가 스며들어서 제 나이를 보여주는데, 마음만 젊어서 나이의 값을 하지 못합니다. 자라지 못한 정신이 저지르는 실수로 누군가는 피해를 봅니다.

어른이라 해도 잘못을 인정할 줄 알아야 합니다. 제 잘못을 인정하지 않고 거짓으로 순간을 모면하려다가 더 큰 화를 부를 수 있습니다. 잘못에 대해 반성하기는커녕 분개하며 "너, 몇 살이야, 나이도 어린 것이" 나이도 먹을 만큼 먹고서 나이 어린 사람 앞에서 부끄러움을 모릅니다. 그런 사람을 보며 항상 마음으로 다짐합니다. 저런 사람은 되지 말자고, 나이의 값은 하면서 살자고, 모범은 될 수 없어도, 부끄럽게 살지는 말자고.

한 줄 나이테를 몸으로 새긴 나무처럼, 사람도 어떻게 살았는지 삶이 새긴 나이 한 살에 인생이 녹아 스며듭니다. 나이 한 살 그냥 더해지는 것 아니라는 말입니다. 나이보다 젊게 보이는 동안이라 하여도 나이 든 만큼, 나이에 맞게 처신할 수 있으면 좋겠습니다.

웃고 싶지 않았네

—

사람을 인간 대신, 사람이라 부르면
순해진 마음으로 순하게 웃고 싶네
사람이 사람다워서 착하게 살고 싶네

말이 만든 언어의 혼 촉촉이 스며들어
해 별 달, 바다와 바람 사랑 그리고 사람
입에서 부르는 순간 이내 그리운 소리

사람을 사람 대신, 인간이라 말하면
적의로 멀어진 언어 글자가 된 그 말은
인간이 인간다워도 웃고 싶지 않았네

—

"뭐, 저런 인간이 다 있어?" 뭔가 잘못이 있는 것처럼 비난으로 들립니다. '인간'이라는 단어가 품고 있는 속성 때문에 따스한 정이 스밀 틈이 없습니다. 한자 인간의 '인'이 우리는 '사람'입니다. 인간은 한자이지만, 사람은 우리말입니다. 우리말로 '뭐, 저런 사람이 다 있어?' 했을 경우, 동정의 마음이 깃듭니다. '인간아, 인간아' 했을 때와, '이 사람아' 했을 때의 느낌은 완전히 다르게 들리고 읽힙니다. 그것이 우리말에 스민 가장 큰 '자랑'입니다. 사람을 품어주는 따스한 언어의 '힘'입니다.

우리 말이 있고 우리 글이 있기에 우리 시도 있습니다. 마음대로 자유롭게 쓰는 시가 아닌, 형식을 갖춰 쓰는 정형시를 말합니다. 형식이라는 말에 어떤 사람들은 보수적이라는 주관적 견해로 우리 시의 가치를 폄하하기도 합니다. 우리 글로 우리 시를 쓰는 일이 얼마나 자부심 넘치는 일인지, 시에 스민 글의 혼을 읽지 못하는 까닭입니다.

세종대왕상이 있습니다. 유네스코에서 제정한 이 상의 정식 이름은 '세종 대왕 문맹 퇴치상'으로, 전 세계 문맹을 퇴치하기 위해 헌신하는 단체, 기관에 수여합니다. 상의 이름이 세종대왕이 된 까닭은 한글의 우수함을 세계가 인정한 가장 과학적이면서도 배우기 쉬워서입니다. 그러나 우리는 우리 글의 소중함도, 우리 시의 아름다움도 헤아리지 않습니다. 바람, 사랑, 사람, 구름, 하늘, 눈물, 해, 별, 달에 스민 울림이 우리 민족혼이라는 것을 느끼지 못합니다. 그것이 아쉽습니다. 우리 시를 통해, 언어가 가진 아름다운 정서를 깨우친다면, 우리 글이 만든 따스한 감성이 가슴까지 어루만진다는 것, 느꼈으면 좋겠습니다.

특별한 이별

—

그날 햇살은 결코, 특별하지 않았다
대답을 대신 한 듯한 노랫말 선명했고
변명할 궁리만 하는 네 입술 바스락거렸다

알고도 모르는 척 손이 떨려 잡은 찻잔
충분히 읽은 마음은 특별할 수 없다며
숨겨도 알 수 있었던 차갑게 마른 시선

좋은 날 고운 기억 함께 만든 순간을
구겨진 휴지인 양 던져버린 너를 보며
특별히 허락한 이별 눈물조차 인색했다

—

특별한 사람을 위하여

인천 공항이 생기기 전 우리나라 대표 공항은 김포공항입니다. 비행기를 타거나 내리기 위해서는 모두 김포공항을 이용했던 시절에, 다니던 중학교가 서울 제2 한강교라고 부르던 양화대교 옆이었습니다. 공항에서 서울 중심부로 들어갈 때면, 다니던 중학교 옆 도로를 지나가기에 특별한 사람, 특히 국가 원수가 내한할 경우, 그분이 지나갈 때까지 전교생이 수업도 하지 못하고 양 국가의 국기를 흔들면서 기다립니다. 특별한 그 손님을 환대하는 가장 기본적인 임무를 우리가 맡았기 때문입니다. 추우나 더우나, 자동차가 나타난 후, 그 꼬리가 사라질 때까지 우리는 특별한 손님을 위해 학생의 본분인 공부할 의무를 무시한 채 국기를 흔들었습니다. 특별한 그 손님이 우리의 지식을 대신할 만큼 훌륭한 성과를 남겼는지 그것은 잘 모릅니다.

세상은 특별한 사람을 위해 존재하는 곳이 아닙니다. 보통의 사람이 보통의 일과로 평범한 세상을 만들 때, 가장 살기 좋고 편안해집니다. 특별하고 싶은 사람들 때문에, 특별한 권력이 생기고 그에 따른 혜택을 원하기에 특별한 비리가 난무합니다. 그 사람들에게 공은 있으나 잘못에 대한 벌은 미미하며, 세상의 모든 중심이 자신을 향해 소모적으로 돌아갈 뿐입니다. 특별하지 않은데 특별한 욕심 때문에, 세상은 특별히 불행해집니다.

보통의 사람들 덕분에 세상은 그나마 살만한데, 돈 때문에 권력이 중요한 몇몇 사람 때문에 세상은 항상 어지럽습니다. 서로를 위해 열심히 살아가는 우리의 소박한 하루가 세상을 움직이는 기본이 된다는 것을 알기에, 특별한 탐욕으로 눈먼 사람들 때문에 분노할 필요는 없습니다.

변호

—

천년을 울고 웃을 뜨거운 날의 짧은 기록
밑줄 친 문장만으로 스며서 고마운 글이
할 말을 대신하게 될 변호의 한 줄이라면

나무에 꽃이 피고 향기에 물이 오를 때
탐스런 열매의 향연 기대하고 있겠지만
불편한 진실이 만든 거짓은 안전한 오류

시간이 그은 거미줄에 한쪽 다리를 묶고
날개가 돋은 양 날아오르려 했던 날
독기를 걷어낸 변론 필요 없는 변호였다고
—

변호할 기회

'그럴 수밖에 없었어, 누구라도 그랬을 거야' 세상에서 가장 쉬운 변명입니다. 그럴 수밖에 없다는 말로 자신을 변호하는 일이 초라한 것은, 그럴 수밖에 없어도 그렇게 하지 않는 사람들이 더 많기 때문입니다.

일제 강점기에서 벗어난 우리나라는 친일파가 세력을 잡고 다시 권력을 휘두릅니다. 그들이 주장한 한결같은 말도, "그럴 수밖에 없었다"는 변명입니다. 유명한 시인에게 친일의 행적을 물으니, 우리나라가 이렇게 빨리 독립할 줄 몰랐다고, 그때는 누구라도 그럴 수밖에 없지 않겠냐고 되묻습니다. 그 해명에 대해 그 누구도 '맞다'는 말로 공감하지 않습니다. 그래도 시인은 시를 통해 다시 계절을 노래하고 인생을 갈무리합니다. 깊어진 사유의 폭이 강물처럼 흘러서 명시 몇 편 남깁니다. 그의 천부적 재능은 면죄부가 되지 못하고 친일이 항상 따라다닙니다. 돌이킬 수 없는 시대적 배경 때문에 저지른 잘못을 아름다운 시를 썼다는 것으로 용서할 수 없습니다.

'그럴 수밖에 없었어, 내가 할 수 있는 최선이었어' 그러나 알고 있습니다. 선택한 최선이 최고가 아니라는 것을. 쉬운 길을 찾았고, 편한 일을 골랐으며 쉽게 할 수 있어 가장 편리한 방법을 찾고 그것을 최선이라고 말했다는 것을. 변호가 변명이 되면 결과는 더없이 초라하다는 것을 모르는 양 자신이 열심히 살았다는 것을 강조하지만, 기회주의자가 만든 최선은 모두가 불편합니다. 그럴 수밖에 없었다는 변명이 자신을 지키기에 가장 허접한 변호였다는 것을, 변명하지 않아도 최선의 행동이 진실이라면 모두가 알아준다고, 그것을 몰랐다는 것이 아쉽습니다.

181   여섯 번째 흔적

분리수거 중

—

하나의 입이 만든 사랑과 이별의 말
변하는 그 속도를 따르지 못한 마음이
고르고 추리는 작업 지금은 분리수거 중

좋은 날만 모아놓은 기억의 발자국에
해쓱하게 야윈 언어 처치 곤란 애물단지
재활용 가능해질까 놓지 못해 움켜쥐고

버리지 못해 떠도는 창백한 감정들이
마디마다 새긴 기록 헐겁게 삐걱거려서
간신히 살아남아도 불가능한 재활용

—

재활용품이 재활용될 때

살림이 서툰 신혼의 신부가 남은 음식을 한 번 더 먹겠다며 찬장에 넣어두고 깜빡 잊습니다. 며칠 지나 찬장 안은 상한 냄새로 가득합니다. 그것을 신랑은 모른 척합니다. 또 며칠이 지나 남은 음식을 한 번 더 먹겠다며 고이 모셔두었는데, 잊기도 하고, 새 반찬이 맛있기도 하여 그 반찬은 또 상했습니다. 부부싸움 끝에 신랑이 말합니다. 매일 음식을 썩혀버린다고, 살림 좀 제대로 하라고. 그 후 신부는 단 한 번도 상한 음식을 만들지 않으나 신랑은 부부싸움만 하면 상한 반찬 이야기로 가슴을 헤집습니다. 재활용되지 못한 반찬 때문에 말만 자꾸 재활용되어, 끝내 그 부부는 헤어지고 말았습니다.

신선한 채소와 반찬을 상하지 않게 냉장고에 보관합니다. 너무 믿은 탓에 새파랗게, 또는 새까맣게 곰팡이 핀 재료를 인상 써가며 버립니다. 그 어떤 냉장고도 잠시 맡아둘 뿐, 오랜 시간 싱싱함을 유지하거나 완벽하게 보존할 수 없습니다. 자신의 게으름과 나태함 무심함이 그것을 잊었을 뿐입니다.

떠나는 사람은 이미 끝냈는데, 돌아올 것을 믿는 사람은 남겨진 자리가, 사랑으로 가득 채워졌던 마음 밭에서 의심 없이 기다립니다. 불안하지만 돌아올 자리, 돌아올 사람을 믿습니다. 그러나 냉장고 안에서 서서히 상해 가는 음식물처럼 지친 기다림은 아름다운 추억조차 미움이 됩니다. 이미 부패하기 시작한 음식물처럼 상한 마음은 시간이 지날수록 제 기다림의 어리석음만 뼈저리게 느낍니다. 분리수거가 그나마 살아있는 싱싱한 모습 그대로 살아갈 길이된다는데, 분리하지 못한 마음 때문에 세상 모든 사랑을 믿지 못한다면, 사랑을 배신한 사람보다 더 가여운 사람이 될까 봐 그것이 안타깝습니다.

문

—

잠긴 줄도 모르고 온종일 두드린 문
이곳은 접근금지 더는 다가오지 마
무언의 한마디 말이 벽으로 서 있네

안과 밖 하는 일 유리알보다 투명한데
자욱한 안개 속마저 꼼꼼히 볼 수 있는데
좁은 문 잡아당기면 마음만 무너지고

가까이 가지 못해 멈춰 선 문 앞에서
열어도 열리지 않아 무겁게 돌린 발걸음
모르고 지나쳐갔던 그때가 더 좋았을까

—

나이테 무거운 한 줄, 그 값은 하고 싶었네   184

생명이 눈 뜨는 문

　사람 사는 집에는 사람만 살아야 한다며 강아지를 키우자는 아들의 말을 무시합니다. '절대' 안 된다는 엄마와 '제발'을 강조하는 아들과의 사이에 경계가 무너지면서 사람만 사는 그 집에 강아지가 터를 잡습니다. 꼬물거리는 한 생명이 한 울타리의 가족이 된 순간, 어린 아기를 보듯 행여 다칠까, 밥은 잘 먹을까, 두 눈 떼지 못합니다. 그렇게 주먹만 한 강아지 한 마리와 사람의 동거가 시작되면서, 사람과 개의 경계가 무너지면서, 두 개의 종족이 하나가 되어 사는 새로운 세상의 문이 열립니다. 절대 열리지 않을 것 같은 문이 열리면서, 새로운 생명에 대한 마음의 문도 열립니다.

　사람을 키우는 것처럼, 키우는 정이 무서운 것처럼, 강아지를 키울 때 가장 중요한 한 가지도 오직 사랑입니다. 한 마리 강아지가 하나의 생명으로 받아들여지면서 함께 어울려 사는 세상에 사람만이 주인은 아니며, 사람만이 세상에 중요한 존재가 아니라는 것, 어디에나 있는 모든 동물도 그 자리에 있어야 할 이유가 있다는 것, 사람을 위해 희생만 해서는 안 된다는 것, 세상의 모든 생명은 모두 소중하다는 것을 배웁니다.

　강아지에게 관대한 만큼 엄마에게 관대하지 않은 아들을 보며 눈 흘겨도, 강아지 한 마리가 불러온 가족의 또 다른 평화는 새로운 유대감을 형성합니다. 집안이 온통, 날리는 털로 깔끔하지 못해도 그것이 단절된 대화의 문을 여는 단초가 되고, 빈집에서 홀로 견딜 외로움이 행여 두려움은 아닐까 집을 비우는 순간조차 걱정이 앞섭니다. 가족이란 울타리에 성큼 문을 열고 들어온 강아지 한 마리가 세상에 있는 모든 동물을 측은하게 바라보게 하는 생명의 눈을 뜨게 만들었습니다.

불면의 향기

—

어둠을 응시하는 밤의 눈빛 살아났다

달의 기울기는 하늘 끝에 멈췄고

억지로 감겨 진 눈은 잠을 부르지 못했다

잠과 꿈 사이에서 머리는 무방비 상태

사라진 향기의 뿌리 차마 뽑지 못하고

한잔의 감성이 만든 고단한 밤이었다
—

잠들고 싶지 않은 밤, 잠들고 싶은 밤

진한 커피가 담겨있는 커다란 머그잔은 밤을 그냥 보내지 않겠다는 결심입니다. 카페인 덕을 보겠다며 맛보다 보약 한 사발 마시듯 냉큼 마시고 책을 펼칩니다. 밤하늘의 달과 별이 응원하는 듯 환하게 비춰주는 그 밤에 홀로 깨어있었습니다. 감미로운 목소리의 에릭 클랩튼은 기타 반주에 맞춰 노래를 불렀는데, 오늘 밤 기필코 읽어야 할 소설책의 마지막 장을 넘기지 못했는데, 아름다운 시 한 편 쓸 수 있으면 좋겠다고 기대하며 엄청나게 큰 잔의 커피를 한 방울도 남기지 않고 마셨는데, 그만 잠이 들었습니다. 태양이 차지한 하늘에 달과 별은 이미 떠났고, 햇살만 눈 부십니다. 열아홉, 그때는 그랬습니다. 젊어서, 건강해서, 카페인이 함락하지 못한 그 밤에는.

코끝에서 유혹하는 향기와 씨름합니다. 커피의 맛을 알지만, 이 한 잔은 잠을 쫓아낼 수 있기에 다른 사람이 마시는 커피 향기만 마십니다. 푹 잠들고 싶은 밤을 위하여 외면한 커피 한잔을 도저히 참지 못해 쌉싸름한 사랑처럼 주문한 한 잔을 마십니다. 초저녁, 일찍 마셨으니 잠이 들 무렵이면 카페인도 해독될 거야, 서글픈 위안에 밤은 다가오고 향기의 유혹에 넘어간 그 날은 잠들고 싶어도 잠들지 못했습니다.

아흔을 넘긴 할머니가 맛있게 밥 먹는 손주들을 보며 "너희들은 뭐가 그렇게 맛있니, 난 하나도 맛없다" 할머니 말을 이해하지 못했습니다. 입맛은 모두 같다고 생각했는데, 왜 맛이 없는지 맛없다는 할머니의 입맛을 알지 못했습니다. 이제는 점점 그 입맛이 이해됩니다. 잠들지 않기 위해서 마신 커피가 잠을 부르던 시절을 지나, 잠들고 싶어서 외면하는 커피 한 잔의 위력 앞에서 나이가 만드는 모든 날은 마음과 다르다는 것을.

성대결절

—

행여 누가 들을까 속울음 삼킨 저녁
어둠은 모른 척 가려주지 않았다
별처럼 반짝거리는 길이 된 그 눈물을

울고 나면 후련할까, 소리 내 울고 싶어도
새어나갈 그 소리 불러들일 호기심이
창문 밖 서성거릴까, 목청이 친 방어막

올올히 맺힌 울음 막아버린 목구멍은
한 소절 떨림조차 더는 허락지 않자
진행된 미세한 결절, 제소리를 삼켰다

—

나이테 무거운 한 줄, 그 값은 하고 싶었네   188

거절할 줄 아는 사람

내면의 욕구나 좋고 싫음을 듣는 능력이 갖춰지지 못한 사람에게 발생하는 '착한 사람 증후군'은 주로 어린아이들에게 나타나는 현상으로 착한 아이라는 반응을 위해 내면의 욕구나 소망을 억압하여 말과 행동을 반복하는 심리적 콤플렉스입니다. 거절해야 할 때 거절하지 못하는 사람이 순수한 어린아이처럼 착하기만 한 까닭은 아니겠지만, 쉽게 거절하지 못하는 사람은 자신이 거절하지 못함으로써 불필요한 일을 감당하며 살아야 하기에 어쩌면 그 원인이 착한 사람이란 착각에서 벌어진 것은 아닐까 싶어집니다.

처음 직장에 근무하면서 해야 할 일과 하지 말아야 할 일을 구분하지 못했습니다. 잘한다는 말에 업무 외 일을 하면서 그것을 거절하지 못한 까닭에 불만이 쌓였고, 거절하지 못한 이유로 끝내 그 직장을 그만두었습니다. 부당하다고 말하면 서로 불편할까 봐 수고스러움을 감당하다 보니 주객이 전도되어 본업 대신 업무 외 잔 일까지 모두 한 후에 거절하지 못한 것을 후회했지만, 그 후에도 바뀌지 않고 여전히 거절은 잘못합니다. 거절해야 할 때 거절하지 못한 것은 착하기 때문이라며 착각합니다.

부당한 것을 알면서도 반박하지 못한 것이 억울해서 참았던 분노가 어느 순간 밖으로 터져 나옵니다. 행여 누군가 들을까 목소리를 삼키고, 눈물만 흘렸더니 소리가 나오지 않았습니다. 자신의 권리를 주장하고 의무를 이행하는 것이 가장 현명한 일이지만, 참은 만큼 제 안에 쌓인 불만으로 어른답지 못한 처신을 하게 되었고, 참으며 행했던 공은 이미 사라졌습니다. 공과 사는 구분하여 거절했다면, 착한 아이 증후군에 빠지지 않고 제소리 당당하게 냈다면, 소리를 삼키며 울음 울다가 제 목소리마저 삼키는 일은 만들지 않았을까요.

엑스트라

—

손에 잡힌 별을 모아 씨앗인 양 뿌리자
화려한 빛의 손목이 꿈의 풍경 그렸다
한 편의 영화를 위해 사람들이 모였다

허락된 대사 한 줄 주연이 되지 못해도
엑스트라 기본값은 기다림이 키운 자화상
어둠은 빛의 발목을 붙잡고 놓지 않았다

빈손이 모아놓은 조각난 시간의 파편
바람이 된 장면마다 서 있는 가장자리가
스치듯 지나쳐가는 모든 것의 중심이었다

—

나이테 무거운 한 줄, 그 값은 하고 싶었네   **190**

한 편의 영화에 모든 배역이 주인공일 수 없습니다. 그를 돋보이게 만드는 조연과 조연의 뒤를 잇는 엑스트라까지 한세상이 녹아있는 영화는 한 사람의 인생을 그렇게 만듭니다. 주인공에게 맞춰진 초점이 영화의 핵심이지만 조연이나 엑스트라도 그들의 인생에서 주인공으로 살고 있기에 서운할 필요는 없습니다.

누구나 자신은 제 인생의 주인공입니다. 탄생하는 순간, 부모님과 가족, 친지들은 주인공이 살아갈 수 있도록 조연으로서 역할을 충실하게 합니다. 같은 주인공이 아니라며 불평하지 않습니다. 그들은 그들의 인생에서 주연이 되어 조연을 도와주는 역할을 맡았기에 주연으로서 조연을 위한 역할 수행을 했던 것입니다. 그렇게 제 인생은 모두 자신이 주연입니다.

중학교 조회 시간에 글짓기나 사생 대회에서 우수한 성적을 거둔 학생들에게 상을 수여합니다. 상을 받는 친구들이 부럽기보다 자랑스럽고 대단하게 느껴져서 열심히 손뼉을 칩니다. 그들의 재능과 능력, 노력의 결과로 받은 상이기 때문입니다. 조회가 끝나고 교실에 들어오니, 반 친구들에게 선생님은 "김계정 일어 서" 그리곤 "모두 박수!"하십니다. "계정이가 전교생 중에 제일 열심히 손뼉을 쳤기에 칭찬하는 거야"

상을 받아야 주인공은 아닙니다. 상 받는 주인공을 향해 손바닥을 열심히 치는 역할의 주인공도 있습니다. 상을 받는 사람이 주인공이 아니라, 축하의 박수를 보내는 사람이 주인공입니다. 엑스트라를 연기하는 역할의 주인공이 있는 것처럼, 이 세상은 엑스트라로 태어나 엑스트라로만 사는 사람은 없습니다. 스스로 주인공이 되어 살아가는 인생, 멋지지 않습니까.

빛날 거야

—

시린 기억 지우며 온기를 찾아낸 바람

찬란한 적 없어도 떠나며 남기는 말

수직의 태양 빛 속에 봄이 숨어있다고

짧아도 영원할 순간, 만발할 빛의 이야기

안과 밖 햇살로 덮여 눈이 부신 봄날에

오늘은 내가 주인공 서툴게 피는 꽃처럼

—

빛났다고

어제의 내가 만든 오늘을 사랑합니다. 어디까지 왔을까 보다, 어떻게 왔는지 그것이 중요합니다. 걸어온 길이 화려하지 않아도 꿈꾸었던 날이었습니다. 울고 웃었던 날이 지킨 약속의 무게를 감당한 대가입니다. 기다릴 가치가 없는 인연으로 눈물 흘렸던 날도, 새로운 날을 살기 위해 지나가야 할 길이었습니다. 오디세우스의 넘어가야만 할 일곱 가지 고뇌처럼, 삶이란 힘겨운 고뇌가 만든 가장 빛나는 결정체이며, 그 결정체가 만들어지기까지 그 누구도, 그 무엇을 예측할 수 없습니다. 최대한 열심히 사는 일이 삶에 대한 의무였기에, 어둠에서 빛을 향해 스스로 걸어왔던 날의 모든 흔적은 나를 만든 뼈대였습니다.

영원한 사랑을 맹세했고, 절대 변하지 않을 마음의 허상을 믿었으며, 변해야 산다는 사실 앞에 절망했지만 변한 것이 당연한 이치라는 것도 배웠습니다. 변하는 모든 것이 아름다운 것은, 변하지 않는다는 사실이 변하는 까닭입니다.

겪어 온 모든 순간이 지금 이 자리를 만들었습니다. 소박한 삶이었지만, 그 삶이 이루어낸 소중한 가치를 존중합니다. 세상은 착한 사람들에 의해 소박하게 이어질 것이며, 봄을 품은 겨울처럼 시린 바람을 참아낼 것입니다.

좋은 사람이란, 서로에 대한 예의와 배려, 가치와 의리를 아는 사람입니다. 힘들어도 시간은 흐르고, 아픈 가슴도 유순한 바람의 손길에 치유됩니다. 열심히 살아온 모든 날이 빛나는 날은 아니지만, 힘겨운 날도 품고 있던 꿈이 있어 행복할 수 있다는 것, 겨울처럼 살아온 날도 봄으로 가는 간절한 디딤돌이라는 것을 믿으며, 좋은 사람으로 살기 위해 노력했던 모든 날은 그 무엇과도 바꾸지 않겠습니다.

붉은 사막과 푸른 달에 기대어

박명숙 시인

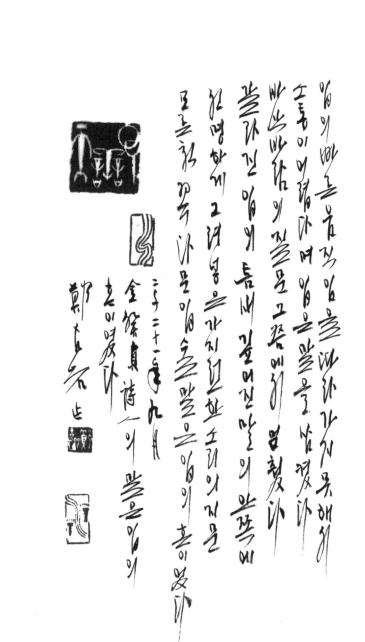

붉은 사막과 푸른 달에 기대어

박명숙 시인

1. 들어가며

"좋은 사람 좋아하는 게 무슨 사랑이겠어요. 사랑할 수 없는 것을 사랑하는 게 사랑이지요. 그처럼 표현할 수 없는 것을 표현하는 게 시가 아닐까 해요." 시인 이성복의 말이다.

큰 웅변도, 강한 침묵도 아닌, 어쩌면 떼고 싶지 않은 입을 간신히 떼어보는 것이 시 쓰는 행위가 아닐까. 말과 침묵 사이를 더듬더듬 오가면서 이따금씩 혼잣말을 하는 사람이 시인이라면, 결핍에 기대지 않고 시를 쓰는 시인은 없을 것이다. 언어와 이미지의 불화와 결핍에 기대어, 불모의 사막을 헤매며 순례자의 영감을 구하는 고행을 마다하지 않을 세상의 시인에게, 청산유수의 시가 달리 있을 수는 없다. 모든 시인은 끝내 말더듬이일 뿐이며, 긴는 말보다 고인 말이 더 많은 언어의 몸을 갖고 있다. 함부로 사랑의 말문을 열지 못하듯, 중중첩첩한 마음자리를 차지한 시를 시인은 어찌 감당하겠는가.

김계정 시인은 2006년 백수백일장 장원을 거쳐《나래시조》신인상으로 등단한 15년 차 시인으로, 시집『눈물』과 시선집『한번 더 스쳐갔다』를 상재했다. 첫 시집『눈물』의 작품들에 덧붙인 산문을 보면 시인의 삶과 시가 얼마나 분리될 수 없는 애착 관계인지를 알 수 있으며, 살면서 쓰고, 쓰면서 살아온 '자전적 시론'(『한번 더 스쳐갔다』)을 통해서도 시에 대한 열렬한 사랑의 고백을 들을 수 있다. 하나된 삶과 시가 세상과의 소외와 단절을 넘어 소통과 화해로 이어지기를 원하는 소망과 의지는 실로 놀랍다. 시란 것이, 마음을 정화하고 정신을 고양하며 영혼을 구원하는 효용을 갖는다면, 김 시인에게는 더욱 긴요한 가치와 의미로 적용되는 예일 것이다. "어렵게 시인이 되었고, 모든 날이 시가 되기를 바라지만, 시인으로서의 이름 석 자 남기는 일은 정말 두렵다"고 시인은 되뇌곤 한다. 그러기에 어쩔 수 없는 시인일 것이며, 4음보의 시행을 살려내기 위한 칠흑 같은 고뇌와 노역의 시간도 기꺼이 맞이하고 견뎌내게 되는 것이리라.

'눈물'의 시인이 세 번째 시집 『사막을 건너온 달처럼』을 선보인다. 술어 '건너온'에 우선 시선이 꽂힌다. 사막을 '건너간' 달도, '건너는' 달도 아니며, 사막을 '건너온' 달이다. 비유의 대상인 '달'의 행위가 구체적이고 명확한 의지와 방향을 갖는다. "사막을 건너온 달처럼 나 여기서 잘 살고 있어요." 시인은 말하고 싶었을까. '달'은 시인에게 어떤 대상일까를 묻기보다, '시인'은 달에게 어떤 존재일까를 반문해보고 싶은 매력적인 제목의 시집이다. '지금 여기'는 어디일까. 생명의 활착이 힘든 사막을 '건너온' 이곳은 과연 달의 착근이 용이한 곳인지, 또 다른 사막으로 건너온 것은 아닌지 알 수 없다. 시인과 달과 사막이 현실과는 어떤 함수관계를 갖게 되는지, 불모의 사막과 결핍의 달에 기댄 고행의 시편들을 읽는다.

2. 뼈

무엇보다 빈번하게 등장하는 시어는 '뼈대'이다. 눈물의 뼈대, 웃음의 뼈대, 시의 뼈대, 말의 뼈대…. 어쩌면 살도 피도 없이 뼈대로만 버티고 살아온 것일까. 그러나 시상의 요충지마다 뼈대들을 세운 시집의 몸은 일건 건강하고 다부져 보인다. 시인의 내면이야말로 악기의 현처럼 늘 팽팽하게 긴장된 사유의 뼈들로 조여져 있지는 않았을까. 심층에 흐르는 규정할 수 없는 불안과 번뇌는, 보다 단단한 마음의 토대로서의 뼈마디를, 결코 무너지지 않을 시 정신의 등뼈를 구축해나갈 것을 다그쳤을 것이고, 시인의 작품들은 혼신의 의지로 그 부름과 요구에 응해왔을 것이다. 세상의 은하에 젖어 뭇별로 빛나는 건 쉽다. 그러나 시인은 살이 마르고 뼈가 저려드는 시간에도 어둠을 뚫고 홀로 빛나는 시집의, 고독한 시를 꿈꾸고 감행하기를 두려워하지 않은 듯하다.

북두의 일곱 개 별 푸른 흔들림 따라

빛이 만든 강가에 물의 집을 보았네

제 몸의 소리에 갇힌 고요와 소란의 경계

닿을 수 있는 바다가 새로운 집이라면

햇볕을 잡고 가는 가려진 물의 손이

생명의 소리를 여는 눈물의 뼈대였네

—「눈물의 뼈대」 전문

"북두의 일곱 개 별"은 밤하늘을 일으켜 세운 뼈대들이다. 일곱 별빛이 지은 "물의 집"은 "빛이 만든 강가"에서 푸르게 흔들린다. 그러나 "제 몸의 소리에 갇힌" 채 "고요와 소란의 경계"를 넘나들며 방황과 갈등을 벗어나지 못한다. 둘째 수로 넘어가면서 "새로운 집" 한 채의 소망은 다시 '바다'라는 공간으로 이동하게 된다. 밤하늘에 닿을 수 없는 별들이 지은 "물의 집"이 있다면, 바다에는 "햇볕을 잡고 가는" "물의 손"이 있기 때문이다. "닿을 수 있"고 잡을 수 있는 물의 손이, 마침내 곡절을 넘어 "생명의 소리를 여는 눈물의 뼈대"로 된 집을 새롭게 지어내는 것이다. 개성과 독창을 놓치지 않은 시선으로, 시행의 얼개와 질서를 따라 미학적 골조를 촘촘히 세워나간 감각이 빼어난 작품이라 할 것이다.

3. 시

그림책『나는 강물처럼 말해요』(조던 스콧 글, 시드니 스미스 그림)에는 말 더듬는 소년이 등장한다. 언어 장애로 학교와 친구들로부터 소외되어 지내던 소년이, 어느 날 강물과 마주하면서 내면의 오랜 아픔과 상처를 극복, 치유하게 된다는 아름다운 성장담이다. 소년을 강가로 데려온 아빠가 말한다. "강물이 어떻게 흘러가는지 보이지? 너도 저 강물처럼 말한단다". 소년은 강물의 흐름을 온몸으로 느낀다. "물거품이 일고 소용돌이치고 굽이치다가 부딪쳐요". 부서지고 굽이치며 흘러가다가 때로는 잔잔히 흘러가기도 하는 물살처럼, 자신의 내면에도 그런 물살이 흐른다는 걸 소년은 깨닫는다. "강물도 더듬거릴 때가 있어요. 내가 그런 것처럼요". 마침내 소년은 친구들 앞에서 당당한 강물처럼 자신만의 목소리를 내면서 자존을 회복하는 시간을 맞이하게 된다. '말을 더듬을 뿐 생각을 더듬는 건 아니라'는 독자의 말을 상기해보면, 주인공 소년이야말로 세상의 모든 시인과 동일인물이 아닐까 여겨지기도 한다.

불쑥 꺼내어 놓은 설익은 마음 한 줄

부풀어 흩어지는 꽃잎인 양 푸릇한 문장

펼쳐진 시의 내력이 나의 이력이라면

눈물로 가득 채운 사연의 환한 틈새에

신성한 시의 향기 한 겹 한 겹 쌓이면

슬픔도 빛나는 조각 시가 되니 좋았다고

—「시의 내력」 전문

201   해설

"설익은 마음 한 줄"과 "부풀어 흩어지는" '푸릇한' 문장이 "시의 내력"이며 "나의 이력"이다. "눈물로 가득 채운 사연"의 틈새로 "신성한 시의 향기"가 쌓이면, "슬픔도 빛나는 조각"처럼 맞추어져 "시가 되니 좋았"던 것이다. "눈물로 가득 채운 말의 환한 틈새" 같은 역설과 "슬픔도 빛나는 조각" 같은 모순 형용을 동원해, 시를 쓰지 않을 수 없는 도저한 열정을 묘파한 작품이다. 슬프고도 향기롭게 빚어낸 시 한 편의 행로를 따라, 독자 또한 시인 못지않게 보이지 않는 눈물로 각자의 삶을 돌아보게 되는 것이리라.

펼쳐보지 않으면 시집은 시의 무덤

네가 나를 떠나며 외면한 눈빛처럼

무심과 관심 사이를 헤매는 글의 입자

헐렁한 시간 안에 저 홀로 아름다웠고

헐거운 시의 집에 저 홀로 위대했던

외면한 언어가 모여 줄 세운 시의 묘비

—「어떤 외면」 전문

나무를 베어 만든 생물인 시집이 외면당하는 시대 속에서 시인은 왜 시집을 엮어내는가. 특유의 아날로그적 감성이 자연과 생명을 외면할 수 없기 때문일까. "펼쳐보지 않으면" "시의 무덤"이 되고 마는 '시집'은 흡사 "네가 나를 떠나며 외면한 눈빛"과도 같다. 그런데도 "무심과 관심 사이"로 "글의 입자"를 찾아 헤매는 일이 시인의 일이다. 그리고는 "외면한 언어가 모여 줄 세운 시의 묘비"가 될지언정, "헐렁한 시간 안에 저 홀로 아름다웠고/ 헐거운 시의 집에 저 홀로 위대했"다고 시의 죽음 앞에서 자책과 자조를 일삼는다. 하지만 생명과도 같은 시의 존재 가치와 위의를 믿는 시인은, "바람에 쓸려가는 울음의 꼬리들이" "햇살이 지고 온 침묵"의 "꽃잎으로 환생"할 것을 기대하며, "흘려보낸 눈물과 떠나보낸 이야기"들이 '언어'로 "지어놓은 집 한 채"(「그 집에 가고 싶다」)를 못내 그리워하기도 한다. 어쩌다가 시인들 스스로 필자이자 독자이며, 생산자이자 소비자인 시대를 만나, 시인들끼리 자위하듯 시업을 이어가고 있는지, 빈사에 빠진 시 한 편을 읽어가는 현실은 서글프고 씁쓸하기만 하다.

허약한 상상력이 세운 힘없는 시의 뼈대

생각의 빈틈으로 생각 못 한 언어가 모여

안일한 글자의 배열 두꺼워진 소통의 벽

이성과 감성 사이에 홀린 것만 같아도

불어넣은 숨의 결 아무도 읽지 않아

못 본 척 곁눈질하며 흘려버린 한 편의 시
　　　　　　　　　　　　　　　　　—「시의 뼈가 흔들린다」 전문

　"시를 권하지 않는 시대"를 염려하는 한 편으로, 이 시는 함량 부족의 자작 시에 대한 진단과 성찰에 골몰하는 모습을 보인다. "허약한 상상력"을 동원해 "시의 뼈대"를 세워보지만 "안일한 글자의 배열"로 "소통의 벽"은 두꺼워질 뿐이고, "이성과 감성"을 동원해 홀린 듯이 "불어넣은 숨의 결"이지만 "아무도 읽지 않"고 "곁눈질하며 흘려버"리는, "한 편의 시"를 통해 "시의 뼈가 흔들"리는 근본적인 위기와 안타까움을 토로한다. 그럼에도 "공기 속에 부풀었다 잘려 나갈 페이지"가 될지언정, "어제를 홀대한 대가"로 "삶이 한 편 지워"(「홀대」)지는 고통을 무릅쓰고라도, 쓰지 않을 수 없는 시 한 편의 목숨을 세상에 또 내보이는 시인의 숙명을 감당하고자 한다. 허약한 창작, 두꺼운 소통의 벽, 잃어버린 독자 속에서 "시의 뼈가 흔들"리는 절망에도 아랑곳없이, 고단하고도 외로운 영혼과의 싸움을 그만두고 싶지 않은 것이다.

4. 혀

다문 입 안에서 자란 말의 가시 꺼냈다

암묵적 약속이 만든 믿음의 입자였다

시간이 묻어놓았던 티끌만 한 씨앗이었다

소문의 특효약은 침묵만이 답이었다

무성하게 키운 세력 여기저기 기웃거렸다

알아도 뽑을 수 없어 뿌리만 깊어졌다

—「루머의 루머의 루머가」 전문

혀만큼 무서운 것이 있을까. "다문 입 안에서 자란 말의 가시"는, "암묵적 약속이 만든 믿음의 입자"와 "시간이 묻어놓았던 티끌만 한 씨앗"을 배반한다. '소문'은 기세 무섭게 번식하고 '침묵'만이 유일한 '특효약'으로 처방된다. "무성하게 키운 세력"으로 "여기저기 기웃거"리는 루머의 뿌리는, "알아도 뽑을 수 없"는 질긴 명줄로 흉터도 흔적도 없이 뻗어간다. '루머'란 시어를 세 번이나 중복 사용한 제목만으로도 이 시를 창작하게 된 절박한 연유를 가늠해보게 한다. 가락과 단어의 의미를 반복하며 호흡을 이어간 강렬한 제목이, 무책임하고 무자비한 소문의 속성과 실체를 통렬히 고발한다 하겠다.

살아야
들을 수 있는
소리가 생명이라면

걸러질수록 맑아지는
예쁜 귀 갖고 싶네

세 치 혀 입으로 세운
벽을 허물
그런 귀

—「그런 귀」 전문

이번엔 '귀'다. 청각 기능을 수행하는 귀, 위기의 말들을 걸러내며 '맑아지는' 귀, "그런 귀"만이 "세 치 혀 입으로 세운/ 벽을 허물" 수 있게 된다고 화자는 말한다. 촌철의 언어로 뽑아낸 깔끔한 단시조다. 말의 집이라 할 수 있는 두 귀는 말을 담고 말을 보내는 감각기관이다. 시의 귀는 과장과 허위와 왜곡으로 들락거리는 무수한 혓바닥들을 끝없이 닦고 씻어내고자 한다. 그렇게 세 치 혀의 독을 벗기며 '생명'의 소리를 향하는 의연한 귀가 되어, "조용히 사근사근 은밀하게 소곤소곤" 다가오며 쌓이는 "옹골진 말의 성"을, "아닌 걸 아니라"(「증거 불충분」) 알아채는 의지와 힘을 믿어보려는 것이다. 귀는 말을 잘 걸러내야 하고, 말은 귀에 맑게 담겨야 한다고 이 시는 말한다.

5. 길

길과 관련된 노작들을 읽다 보면 신호등의 길, 물의 길, 달과 별의 길, 끝과 시작의 갈래진 길들이 시인의 내면에 제동을 걸고 간섭하는 시적 상황을 두루 만나게 된다.

우리는 언제나 건널목 앞에 서 있다. 인색하게 깜박거리는 신호등 불빛을 마주보며 서 있다. 문득 건너편 빨간 신호가 좀더 오래 켜져 있기를 바라면서, 푸른 신호로 바뀐 사이에도 망설이며 걸음을 선뜻 떼지 못할 때도 있다. 발걸음은 마음을 두려워한다. 마음의 푸른 신호가 언제 켜질지 알 수 없으니 그런 걸까. 막힐 듯 열리고 열릴 듯 막힌 "내일로 가는" 길 앞에는, 언제나 붉고 푸른 두 눈을 깜박거리며 신호등이라는 세상의 표지등이 서 있다.

　　　내일로 건너가는 어두운 길목마다
　　　선명한 세 가지 색 신호등 달고 싶어
　　　멈춰 선 제자리에서 바른길 찾아가라고

　　　어디쯤 왔을까 돌아보며 숨 고르는 일
　　　발자국 안으로 접힌 지난 숨결 읽는 일
　　　생각의 언어 들으며 현명하게 움직이는 일

　　　착하게 가는 길이 잘 사는 일이라면
　　　멈춰도 좋은 날과 건너서 좋은 날은
　　　한 번쯤 기다리는 일 그것도 괜찮다고
　　　　　　　　　　　　　　　　　　　　　　—「내일로 가는 신호등」 전문

　　　어둠의 틈 비집고 나온
　　　눈썹 같은 저 달이
　　　자동차를 따라오네, 달리듯 같이 가네

붉은 사막과 푸른 달에 기대어　　　　　　　　　　　　　　**206**

활짝 핀 눈웃음 보며 함께 가고 싶다고

어디에 감추었는지 보이지 않는 두 발로
구름에 빠진 것처럼 헤치고 앞으로 나가
무슨 말 하고 있을까 귀를 열고 쳐다보네

고요와 어둠 사이에 자리 잡은 저 달이
배경에서 사라진 한 소절 감정의 흔적
변하며 살았던 날도
살만하다 등 떠미네

—「눈썹 같은 저 달이」전문

「내일로 가는 신호등」에서 "내일로 건너가는" 길목은 항상 위태롭다. "발자
국 안으로 접힌 지난 숨결"을 돌아도 보고 "생각의 언어"에 귀도 기울이며 횡단
해야 하는 보도는 순간을 다투며 "현명하게 움직"여야 하는 주의와 긴장을 요
구한다. 길 위의 걸음을 멈추게도, 건너게도 하는 시간의 기능과 노정에 충실
한 신호등은, 살아가노라면 "멈춰도 좋은 날"이 있고 "건너서 좋은 날"도 있다
는 걸 명도 높은 '색'으로 일깨우는 제재로 역할을 제대로 수행한다. 멈춰선 날
에는 건너도 좋은 날을, 건너는 날에는 멈춰도 좋은 날을 떠올려 보라는 당부
도 잊지 않는다. "착하게 가는 길이 잘 사는 일"이 된다면 삶의 신호를 위반하
지 않고 "한 번쯤 기다리는 일 그것도 괜찮다"는 정직한 신호등의 약속에 기대
어 내면을 다독이는 화자의 시간도 만날 수 있다.

그런가 하면 「눈썹 같은 저 달이」에서 자동차를 타고 가던 화자는, "어둠의
틈을 비집고 나온/ 눈썹 같은 달"이 세상의 말에 귀를 여는 모습을 목도하기도
한다. 그 달은 "고요와 어둠 속에" 자리를 잡고서 "변하며 살았던 날도/ 살 만
하"였노라고, '등' 두드리는 격려를 보내다 이내 사라지고 마는 상관물이긴 하
지만, 밤하늘의 첫 신호등 같은 눈빛을 내리쬐며 화자의 감정을 한껏 고조시키

는 대상이기도 한 것이다.

끝나도 끝나지 않은 영화 한 편 보았네
절정을 위해 만든 눈부신 대사 한 줄
설레는 가슴 속에서 나인 양 두근거렸네

이왕이면 해피엔딩 모두가 행복하다면
극장 문 나서는 발길 가벼워 날아갈까
기대할 내일이라며 웃는 웃음 아쉬움일까

마음대로 생각하세요, 활짝 연 무책임의 문
끝을 내기 어려워요, 작가의 상상력 한계
열어도 닫고 싶었던 그런 영화 보았네

—「열린 결말」 전문

"끝나도 끝나지 않은" 서사. "절정을 위해 만든 눈부신 대사 한 줄"에도 경험과 상상을 투사하며, 구체적이고 명쾌한 결말을 고대하는 관객에게, 스토리의 결말을 열어놓는 영화는 당혹스럽다. 감상의 몰입과 집중에 대한 심리적 보상도 허무하기만 하다. "열어도 닫고 싶었던", 통념과 타성으로부터의 전환을 마다하는 완강한 심리적 이유는 어디에서 촉발된 것일까. "마음대로 생각하세요", '상상'의 한계를 보여주듯 화면을 훌쩍 열어놓고 나가버리는 작가의 결말 처리 방식을 원망해보기도 하지만, 작가의 결단에 관객의 몫이나 권한은 없다. 작가로선 비판과 반감을 넘어 관객의 상상력을 자극하고 여운을 남기려는 전략적인 부담을 기꺼이 안으려 했을지도 모른다. 시의 주제와는 별도로, 글쓰기에 대한 작가의 고민을 헤아려보지 않을 수 없는 경우이다.

세상의 글들은 배반을 꿈꾸는 변곡점을 노린다. 길이 많으면 길을 잃게 되는 두려움의 심리를 되묻듯, 외려 관객의 적극적인 동참과 분담을 유도한 의도가 읽힌다면, 그 또한 관객에 대한 배려로 이해할 수도 있을 것이다. 감상의 식

상한 독법과 관성에 길들여진 관객에게 자기 주도적인 결말 해석의 동기를 부여하는 일도 작가의 작의가 될 수 있지 않을까. 혹은 영화의 열린 프레임을 통해 향방 없이 불안한 현실과 위태로운 실존에 대한 질문을 던져보고 싶지는 않았을까.

6. 아픔

"내 집은 문이 없어, 내 집은 지붕이 없어, 내 집은 창문이 없어, 비도 새는 집이지, 내 집은 손잡이가 없어, (…중략…) 집은 항구가 아니야, 마음을 다치는 곳." 자비에 돌란의 영화 〈단지 세상의 끝〉 서두로 흘러드는 노래다. 죽음의 선고를 받은 주인공이 12년 만에 가족을 만나러 가는 첫 장면부터 삽입되는 가사는, 심상찮은 주제를 암시하면서 영화의 빗장을 연다. 단지, 몇 시간이면 닿을 수 있는, 가족이 살고 있는 집, 그 집은 세상의 끝에 있었던 걸까. 영화는 집과 가족에 대한 질문을 멈추지 않는다. "맞아. 난 널 이해할 수 없어. 하지만 널 사랑해. 사랑하는 마음만은 누구도 빼앗아갈 수 없어." 살아온 세월의 간극을 메꾸지 못하고 만남의 갈등에 휩쓸린 자식들 속에서 내뱉는 엄마의 절규를 뒤로 한 채, 하고 싶었던 말을 삼키며 주인공은 왔던 길로 돌아서고 만다. "인생은 누가 뭐라든 뒤돌아보지 않고 떠날 수밖에 없는 이유들이 수없이 존재하고, 돌아갈 수밖에 없는 이유 또한 수없이 존재한다." 혈연의 유대로부터 야기된, 소외와 고독의 시간을 빠져나온 주인공의 내상을 따라가면서 떠올리게 되는 대사이며, 가족의 이름으로 되짚어보는 영화다.

어머니의 어머니도 아버지의 아버지도
연약한 한 마리 새, 둥지의 새끼였다
부모가 되기 전까지 그 마음을 모르는

평생을 받은 것이 어디 먹이뿐일까

내가 나다워지도록 물려받은 피와 살
저 혼자 잘난 줄 알아 고마움도 몰랐다

주고 또 주어도 줄 것 없어 가슴 아플 때
비로소 보이는 어머니와 아버지의 눈물
비워진 자리 뒤에서 내 자리가 부끄럽다

—「빈자리」전문

"엄마", 그토록 "쉽게 불렀던 이름"(「엄마, 하고 부르면」)이 있으며, 그토록
많이 불러본 이름이 있을까. 태어나 처음으로 배운 언어이며, 생명과 사랑을
처음으로 가르쳐 준 모국어일 것이다.

"평생을 받은 것이 어디 먹이뿐일까". 목숨보다 중한 사랑을 주고도 더
"줄 것 없어" 가슴 아파하던 부모의 한평생을 아주 떠나보내고, "비워진 자리"
와 남겨진 "내 자리"를 돌아볼 때마다 밀려드는 것이라곤 부끄러움과 회한뿐
이리라. 자식에게 부모의 목숨은 영원히 죽지 않는 목숨이라도 되는 걸까. 평
생을 착취한 죄를 갚지 못하고, 영원한 단절을 겪은 다음에야 독한 회한이 가
슴을 치지만, 이미 세상 어디에도 없는 어머니와 아버지. 메꿀 수 없는 그리움
의 '빈자리'로만 찾아오는 천륜의 아픔을 읽는다.

햇살 눈부시다며 가려진 손가락 사이

눈을 뜰 수 없다며 스미는 틈과 틈 사이

뜨거운 빛의 질감은 너의 손 잡은 것 같아

자꾸만 돌아보던 사람의 그림자가

새처럼 날아가면 더는 돌아보지 않아

손가락 그물 만들어 제 얼굴을 가렸네

—「손가락 그물」전문

　결별의 아픔을 독특한 개성과 이미지로 묘사한 이채로운 작품이다. '손가락 그물'을 통해 전해지는 은유적 이미지와 섬세한 묘사의 서정적인 구현이 조용한 슬픔과 아름다운 시정을 연출한다. 표현의 격조와 함께, 밀도 높은 상상의 질감도 심미적인 감각을 돋보이게 한다. '햇볕'을 가린 '손가락'의 "틈과 틈 사이"로 파고드는 "빛의 질감"은 "너의 손 잡은 것 같"이 뜨겁기만 하다. "돌아보던 사람"도 "새처럼 날아가면 더는 돌아보지 않"는다는 걸 알지만, 화자는 "손가락 그물 만들어" 제 마음을 반은 가리고 반은 보는 것이다. 결 곱고 섬섬한 미적 이미지가 감각의 아우라를 그리면서 독자에게 다가온다. 성글지 않고 자연스러운 시의 변주를 통해 슬프고 애잔한 정조도 깊숙이 배어난다.

7. 빛, 그늘

가장 낮은 곳에서 가장 높이 오르기까지

온 힘으로 들어 올린 태양이 눈을 뜬다

흔들린 수평의 하늘이 바꿔버린 수직의 삶

가장 높은 곳에서 다시 내려오기까지

고유한 질서에 따라 피고 지는 세월 따라

꽃 한때 사람도 한때 지나서 좋은 시절도 한때

—「한때」 전문

돌아드는 목숨의 일회성을 읽는다. "가장 낮은 곳에서 가장 높이 오르기까지" 흔들리는 수평의 몸을 "온 힘으로" 들어올려 수직으로 세우는 태양처럼, 삶도 늘 시간의 사이클을 밟으며 뜨거워진다. 그렇게 한낮의 고도로 끌어올려진 삶도, 어쩔 수 없이 "다시 내려오"지 않으면 안 되는 시간의 "고유한 질서"와 순리를 맞지 않을 수 없는 법이다. 사람 또한 자연의 일부인지라, '꽃'도, '사람'도, 좋았던 '시절'도 모두 '한때'라는 생의 이법과 섭리를 마음의 질서로 받아들이지 않으면 안 된다. 다만 흘러가는 순간을 잡아채, 기억의 파일에 저장하게 되는 영원 같은 어느 '한때'가 있다면, 바꿀 수 없는 시간의 수확일 것이다. 유한한 생애에 인장처럼 각인된 한때의 순간이 더러는 삶의 전부가 될 수도 있을 테지만, 알 수 없다. 사랑도 미움도, 그리움도 괴로움도, 모든 것은 '한때'이고, 지나 봐야 불에 덴 듯 선명한 내면의 '자국'이 만져지는 것이니까.

숲은 제 이력을 머리끝에 기록한다
정수리마다 내려앉은 하늘 닮은 바람이
선명한 지문의 굴곡 틈을 찾아 스며들면

현명하게 다문 입과 친절했던 두 귀가
얇아진 가슴을 풀어 깊은숨 쏟아내면
앙상한 빛의 물살에 설명은 필요 없다고

숲이 사랑한 봄과 숲을 사랑한 가을이
범람하는 바람 앞에 두 눈마저 꼭 감고
햇살만 부풀어 올라 제 몸집을 키웠다

—「숲이라고 불렀다」 전문

숲의 '이력'은 숲의 "머리끝에 기록"된다. "정수리마다 내려앉은" '바람'은 "선명한 지문의 굴곡"을 그리며 나무의 몸피 사이로 "틈을 찾"는다. '바람'은 '바람'이자 '소망'으로서의 중의적 의미로 읽혀지기도 한다. '입'은 현명하고 '귀'는 친절한 나무가, "얇아진 가슴을 풀어 깊은숨 쏟아내면/ 앙상한 빛의 물살"은 굳이 '설명'을 더 '필요'로 하지 않는다. 가을은 숲을 사랑하는데 숲은 봄을 사랑한다니, 마주하지 못하고 어긋나는 사랑의 협주가 안타깝지만, "범람하는 바람"을 받으며 '햇살'은 "제 몸집을 키"우는 생기로 한껏 부풀어 오른다. 역동하는 삶의 활력을 짙푸르게 기록해나가는 숲의 노래가 싱그럽다. 생명의 존엄과 생존의 의의를 일깨우며, 사람과 숲이 하나되는 내면 풍경을 건강하고 미더운 필력으로 그려낸 작품이다.

8. 자화상

『화씨 451』은 디스토피아의 세계를 다룬, 레이 브래드버리의 소설이다. 책이 사라진 시대에 대한 경고가 담긴 문명 비판적 소설로, 국민고전의 반열에 오른 작품이기도 하다. 역사 속에 자행된 중국의 분서갱유나 나치의 유대인 저서 분서사건과도 다르게, 세상의 모든 책들이 방화수(放火手)에 의해 공개적으로 화형에 처해진다는 내용이다. 책을 빼앗긴 사람들은 '북 피플'로 유랑하면서, 감추어둔 각자의 책을 외우고 기억하는 삶을 선택한다. 책의 이름으로 살면서, 암송을 통해 서로의 책내용을 주고받으며, 책이 다시 발간될 세상을 꿈꾸게 된다. '화씨 451'도는 책이 불에 타기 시작하는 온도를 말한다. 이는 책을 외면하는 사람들의 마음이 타는 온도와 같지 않을까. 이 시대 책들의 운명을 예견이라도 한 듯한 1953년의 소설이다.

손에 잡힌 별을 모아 씨앗인 양 뿌리자
화려한 빛의 손목이 꿈의 풍경 그렸다

한 편의 영화를 위해 사람들이 모였다

허락된 대사 한 줄 주연이 되지 못해도
엑스트라 기본값은 기다림이 키운 자화상
어둠은 빛의 발목을 붙잡고 놓지 못했다

빈손이 모아놓은 조각난 시간의 파편
바람이 된 장면마다 서 있는 가장자리가
스치듯 지나쳐가는 모든 것의 중심이었다

—「엑스트라」전문

　마음이 있었을 것이다. 마음은 말을 하고, 노래를 부르는 시인이 되어 세상에게로 흘러들고 싶었을 것이다. 깊이 고여 든 사유와 정서를 아낌없이 시의 세상으로 길어 올릴 때마다, 시를 쓰는 고통마저도 행복한 시인이 되고 싶었을 것이다. 하지만, 세계와의 불화를 고민하고, 독자와의 소통을 꿈꾸며, 자아의 결핍과 성찰을 고백하는 시인은 역설적이게도 스스로를 변방의 '엑스트라'로 자처하게 된다. 흉내낼 수 없는 빛깔과 향기를 개성으로 삼으며, 단독의 심미적 세계를 주관하고 주재하는 시인 자신이 있을 뿐인데도 그렇다.
　"조각난 시간의 파편"이 '지나쳐가는' '가장자리'를 "모든 것의 중심"이라 여기며, "기다림이 키운 자화상"의 자리를 '기본값'으로 매기는 엑스트라로서의 시인도, 또는 "해쓱하게 야윈 언어"로 '재활용'에도 끼지 못하고 "헐겁게 삐걱거"리는 "애물단지"된 "창백한 감정들"(「분리수거 중」)을 감당하는 변방인으로서의 시인도, 한 편뿐인 '인생'을 위해 온몸으로 뛰어든 주연이 아닐 것인가.

검은 하늘 조각보에 수놓은 달과 별을
바람과 물의 사슬로 칭칭 동여매자
하늘이 휘청거렸네, 여름이 사라졌네

뒷말은 무성해도 향기는 투명해서
터질 듯 부풀어 오른 바람은 풍요의 벽
절정은 시월의 기도 감사의 말 겸허하고

기쁨이 오는 길은 슬픔이 지나간 길
한 번도 가지 못한 길 가을로 채운다면
사막을 건너온 달빛 그 빛이면 좋겠네

— 「그 빛이면 좋겠네」 전문

"바람과 물의 사슬"로 "달과 별"을 동여매자, "하늘이 휘청"대면서 "여름이 사라"지고 가을이 온다. "뒷말은 무성해도" "향기는 투명"하고, 바람은 부풀어 "풍요의 벽"을 약속하는 가을이 온다. 그렇게 시월은 "감사의 말"과 기도 속에 절정을 맞으면서, "기쁨이 오는 길"로 '슬픔'을 지나가게 하고, 다가오는 길을 빛의 '가을'로 채우고자 한다. "사막을 건너온 달빛" 같은 세상의 빛, "그 빛이면 좋겠"다는 화자에게 각별한 설렘과 기쁨으로 찾아드는 시월은 어떤 의미로 빛나는 달일까. 시집의 제목이 들어 있는 작품이며, 가을빛으로 가득 채워진 시인의 자화상 앞에 독자를 깊이 머물게 하는 작품이기도 하다.

9. 나오며

삶에 대한 성찰과 극기로 점철된 시인의 시들은 더러 자전적인 명상일지나 자경문을 읽는 것과도 같다. 적지 않은 시들이 세상을 넘어 자아에 이르는 지난한 심미적 구도를 그려나가는 가운데, 현상과 인식에 대해 진술하고 묘사하는 시구들도 언어의 묘가 특별히 도드라진다. 내면의 환부를 거짓 없이 드러내는 시편들을 읽다 보면 번지는 그늘마저도 깨끗하고 어둡지 않은 개성과 강점을 발견하게 된다. 세계를 개진하는 시인 특유의 진솔함과 깊은 진정성이, 짓누르는 어둠마저 몰아낸다 할 것이다. 사유와 언어, 감각과 정서, 절망과 희망의 메시지가 긴장과 이완을 반복하면서, 유기적인 고리와 마디를 물고 한 몸처럼 흘러가는 시인의 작품들은 마침내 융융하고 도저한 장강의 지경을 얻게 되지 않겠는가.

'한 사람의 시집'. 작고 얇고 네모난 시집은 책꽂이에 꽂히기에도 갇히기에도 좋은 책이다. 공간의 뼘을 차지하지 않는 몸피 때문에 들어선 공간이 곧 사각지대가 될 수도 있다. 시인의 삶과 영혼이 기록된 폭과 깊이를 감히 잴 수 없는데도, 글은 책에 갇히기 쉽고 책은 서가에 갇히기 쉬운 것이다. 한 사람의 시집을 읽는다는 건 네모의 공간에 들어앉은 마음을 읽는 게 아니라, 그 공간이 가둘 수 없는 무한하고 무량한 사유와 감성을 읽는 것이지 않은가. 시와 말, 시와 길, 길 위의 빛과 그늘에 어린 아픔을 뼛속 깊이 그려나간 초상들은, 감히 그 편편의 무게를 세월의 천칭에 올릴 수 없을 것이다.

『사막을 건너온 달』은 신산한 사막의 달빛을 받아 쓴 시집이다. 존재의 모든 것을 걸고 건널 수 없는 사막을 건너온 이 시집이, 이곳에서 저곳으로 이 손에서 저 손으로 옮겨 다니며, 세상의 가슴을 '움직이는 시집'이 되기를, 그렇게 손때 묻은 시집으로 독자들의 사랑을 받으며 오래오래 살아남기를 바란다.

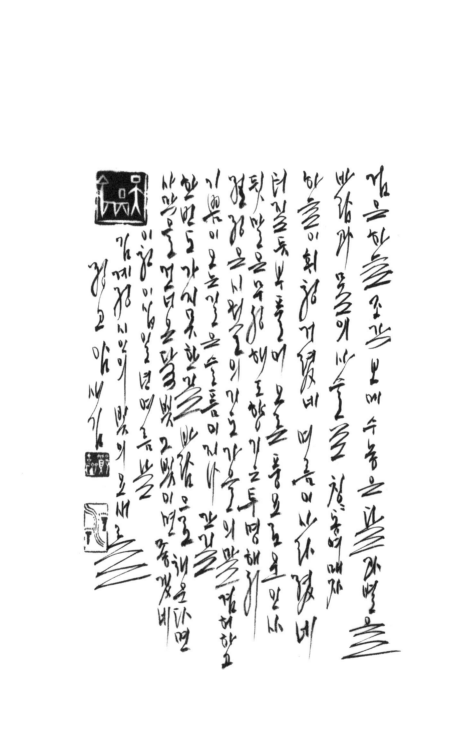

그분이면 좋겠네

사막을 건너온 달처럼

김계정 쓰고
정고암 새김

초　판 1쇄 인쇄일 · 2021년 09월 28일
초　판 1쇄 발행일 · 2021년 10월 07일

지은이 ㅣ 김계정
펴낸이 ㅣ 노정자
펴낸곳 ㅣ 도서출판 고요아침
편　　집 ㅣ 김남규

출판등록 ㅣ 2002년 8월 1일 제 1-3094호
주　　　소 ㅣ 03678 서울시 서대문구 증가로 29길 12-27, 102호
전　　　화 ㅣ 02-302-3194~5
팩　　　스 ㅣ 02-302-3198
E-mail ㅣ goyoachim@hanmail.net

ISBN 979-11-6724-044-6(03810)